朱桐佳

 著

太阳在与我交谈

TAI YANG ZAI YU WO JIAO TAN

广东人民出版社

·广州·

图书在版编目（CIP）数据

太阳在与我交谈/朱桐佳著. —广州：广东人民出版社，2024.1
ISBN 978-7-218-15329-2

I. ①太… II. ①朱… III. ①诗集—中国—当代②散文集—中国—当代 IV. ①I217.2

中国国家版本馆CIP数据核字（2023）第064382号

TAIYANG ZAI YU WO JIAOTAN
太阳在与我交谈
朱桐佳 著

版权所有 翻印必究

出 版 人：肖风华

责任编辑：李力夫
责任技编：吴彦斌 周星奎
装帧设计：弘毅麦田

出版发行：广东人民出版社
地　　址：广东省广州市越秀区大沙头四马路10号（邮政编码：510199）
电　　话：（020）85716809（总编室）
传　　真：（020）83289585
网　　址：http://www.gdpph.com
印　　刷：北京建宏印刷有限公司
开　　本：880mm×1230mm 1/32
印　　张：7.625　字　　数：102千
版　　次：2024年1月第1版
印　　次：2024年1月第1次印刷
定　　价：69.80元

如发现印装质量问题，影响阅读，请与出版社（020-85716849）联系调换。
售书热线：（020）87716172

目 录
CONTENS

◉ 第一部分　诗歌

第一辑：悠悠情思

我在春风里遐想	3
池塘边的记忆	5
登山	7
十月的山野	8
村口，有两棵高大的见血封喉树	9
椰子树	11
红船飞越	12
晨幻	14
清晨，我从乡间走过	16
垃圾桶	18
风吹过海岸	20
火山石斛	22
悠悠竹情	23
一条驮着梦想的巨龙	25
相聚云湖边	26
丰碑，在崇山峻岭上矗立	28
题墙上草	30
每天，每天	31

临高角	33
讲台	35
太阳,在与我交谈	37
白石·溪	38
蓓蕾	39
风雨过后,乃是艳阳天	40
落叶之美	41
三沙石	42
心溪	43
夏之印象	44
什么时候,能下一场大雨呢	45
天在下雨,她在写诗	46
雨伞	47
野花	48
金黄的山兰地	50
凤凰花	51
小鸟飞过的遐想	53
路灯	54
莲	55
流浪海南	56
相聚秋季	58
写在七十年前	60

第二辑 故乡之恋

难忘家乡美味文昌鸡	63
故乡春游	64
年味	65
站在村口的母亲	66
父亲的水烟筒	67
回家的心情	69

村路弯弯	71
村野偶见	72
家乡的云	73
家乡,你好	74
家乡的小溪	76
家乡的风	77
家乡的米酒	78
乡土	80
椰树·故土	82
在遥远的他乡	83

第三辑:保亭赞歌

夜幕下的七仙河	86
七仙河,在流淌	88
七仙河畔	90
醉系雨林仙境	92
神玉岛,我们来了	94
秋的寻觅	96
番托村边那口鱼塘	98
番托村的春天	99
战斗英雄陈理文	101
龙则村,保亭永远将你铭记	103
沉香在山谷里飘香	105
去看那块山兰地	106
拥抱道旦村	107
犹如将军镇疆土	109
在连章水库	111
七仙岭	112
七仙岭脚下	113
绿风,从七仙岭吹来	115

保城秋韵 …… 116
保城的树 …… 118
七仙广场感怀 …… 120
甘工鸟 …… 121
因为 …… 123
雨后保亭 …… 124
今天这场雨 …… 125
站在七仙一桥上 …… 127
红毛丹熟了 …… 128
保亭候鸟 …… 129

第四辑：爱的滋味

我愿 …… 132
执着 …… 134
你的眼睛 …… 135
今夜,我失眠了 …… 137
遇见瑶池边 …… 139
似梦似幻似山岚 …… 141
相思 …… 142
等你,在嬉水节 …… 143
村外 …… 145
写给妻子 …… 146
卖酸菜的少妇 …… 147
藤树之恋 …… 148
桦树林里 …… 149
小溪边 …… 150
月光下的黎村 …… 152
山寮 …… 154
爱的滋味 …… 155
秋风,伴我走访毛天村 …… 158

● **第二部分　散文**

白沙,荡漾着绿茶芳香的神奇沃土 …… 159
保城,风情浪漫的红色之城 …… 163
车过万泉河 …… 166
初探毛拉洞 …… 169
从椰乡走出去的共和国大将 …… 172
读书,让我走进多彩的人生世界 …… 174
读习近平词《念奴娇·追思焦裕禄》有感 …… 177
芳华岁月 …… 179
感悟小草 …… 182
《海南诗文学》——我的精神家园 …… 184
海瑞故居遐思 …… 186
家乡雨韵 …… 189
胶园落叶 …… 191
漫谈读书 …… 193
新星,在七仙岭闪烁——读金戈诗集《木棉花开的声音》…… 195
美哉,保亭图书馆 …… 198
飘洒在保亭图书馆里的墨香记忆 …… 201
蒲公英,母瑞山上的革命菜 …… 205
三角梅,在寒风冷雨中傲立 …… 208
山城印象 …… 210
山兰,一株书写海南黎族农耕史的旱稻 …… 213
舌尖上的保亭 …… 216
菊美,人性之美——电影《天上的菊美》观后感 …… 219
让微笑,充满和谐美好人间 …… 220
悠悠古路园——参观宋氏祖居散记 …… 223
在保亭,感悟"琼崖古城"——电视剧《天涯浴血》拍摄基地见闻
…… 227
在海口,听作家艾克拜尔·米吉提讲课 …… 230
走进琼山会馆——参观陵水县苏维埃政府旧址 …… 233

第一部分

诗歌

第一辑

悠悠情思

我在春风里遐想

春风里,暖阳下
我来到小村外
站在弯弯的小河边
眺望那片广袤的田野
当年小村姑拾田螺的地方

此刻,一个轻盈的身影
在脑海出现
她扎着羊角辫
提个小竹篓
拾田螺,装满篓
她总唱着歌,蹦跳着
轻盈地从我身旁经过
还会深情地回眸
微笑着,露出那浅浅的小酒窝
她甜美的歌声总在
我的耳边飘荡

我再次来到小河边
田野依然是那片田野
而那口老水井
已完成了它的使命

闲置着,野草灌木掩盖
像在默默诉说
这片田野的苍凉

一阵春风徐徐吹来
我在遐想,今天可会看见
从田野那边
走来一位提着竹篓
唱着歌儿,对我微笑
纯真、活泼又美丽的
拾田螺的小村姑

池塘边的记忆

晨曦里
小山村从早春的沉睡中
慢慢醒来
我走出老瓦房
循一声声蛙鸣
沿小路徜徉
来到了村外
来到田边的池塘

只见当年那棵小椰苗
已高高挺立池塘边
它是我们儿时玩耍的见证
那时钓鱼的小伙伴阿强
现已成了镇上赫赫有名的
水产批发市场的老板

还记得,村里那跟屁虫
特爱臭美的小山妮
常常跟着我们来到池塘
总缠着我给她摘荷花
还要帮着把花插在她的头上
后来,山妮考上了县剧团

当了旦角，又当了团长
从此，就再也见不着

手机"嘀、嘀、嘀"响起
传来阿强的大嗓门——
喂，到我家喝酒
有你喜欢吃的山脊鱼
晚上再一起去看戏
山妮带琼剧团回村演出
她也要过来我这里
她说离家多年
很想咱们聚聚

我缓步离开池塘
倏然回首凝视
那伟岸的椰子树
仿佛在向我招手示意
波光粼粼的池塘中
有一朵绚丽绽放的荷花
犹如一张少女的脸
灿烂，妩媚，楚楚动人

岁月悠悠，思绪绵绵
哦，一方小小的池塘
留给我一串串
美好的儿时记忆

登山

攀登在
蜿蜒的山路上
哼着小曲
满怀自豪和惬意
一阵风，拂面吹过
两只鸟儿
从身后朝前飞
唰、唰、唰
竟下起了雨
一群游人
从山上匆匆下来
我往侧一站
并抬头仰望
只见满山磐石
静卧如龙

十月的山野

十月的阳光
一缕缕，温暖、温暖的
伴随着一阵阵清爽的风
一个洪亮而有力的声音
在十月十六日上午
从美丽的首都北京
从庄严的人民大会堂
频频传来

阳光下，声音掠过
结满瓜果的山头
姑娘背着竹篓忙采撷
看着枝头藤蔓上
饱满的累累硕果
姑娘心里装满了甜蜜

阳光下，声音掠过田野
染美了一秋黄金的季节
在这希望的田间地头
勤勉收获的壮小伙
脸上荡漾着
丰收的喜悦与欢乐

村口,有两棵高大的见血封喉树

在保亭,在什玲
有一个叫什江的
黎族小村庄
长着两棵神奇的古树
经历百年的"见血封喉"

它们,像两位责无旁贷的侠士
威严站立在村口
尽管,它们的名字
充满了血腥、暴力、凶残
其实,它们身上的汁液
犹如正义的子弹
用来抗击入侵者的武器
它还是仗义行善的施者
那一滴滴的"毒汁"
是一服服救死扶伤的药剂

两棵连理树
一对长相厮守的夫妻树

见证着黎村的变化
从荒野间简陋的茅草屋
到槟榔婆娑，硕果累累
鲜花簇拥的小洋楼
小小的村庄如今
变得温馨、和谐、美丽

椰子树

将一条条细小的根须
牢牢扎在广袤的大地
你积极向上
不节外生枝
在节节拔高中
塑造了伟岸与刚正不阿

你没一丁点的吝啬
将一扇扇枝叶
回报滋养你的沃土
奉献一处处绿荫
送来阵阵清爽与惬意

树上累累硕果
是你无私奉献的结晶
甘甜的椰水
雪白的椰肉
是你高洁的品质

红船飞越

——写给党的二十大

1921 年 7 月
南湖荡漾的水面上
承载着一只小小的红船
一群热血青年
怀揣崇高的理想信念
在其貌不扬的小船里
举行一个
开天辟地的会议
从此,伟大的中国共产党诞生

这只点亮梦想的航船
历经沧桑,艰苦卓绝
奔驶飞越百年
在岁月的时空中闪烁
两弹一星,载人航天
在乘风破浪中演绎
一场又一场精彩
缔造了
一次又一次的胜利
一个又一个的辉煌

2022年10月的中国
这又是载入史册的时刻
号角将在这片沃土
960万平方公里的大地上吹响
一次继往开来的盛会
将让全世界的目光关注
在一面印着铁锤与镰刀的旗帜下
彪炳史册的二十大
将带着百年党史的豪迈
朝着伟大的目标
再次启航，飞越
爆发惊天动地的雷鸣

晨幻

阵阵撩人的鸡鸣声
把我从柔梦中唤醒
走出窄小的屋子
置身于一日之计的清晨
抬头仰望茫茫长空
只见蓝天白云间
一群飞鸟在尽情翱翔

幻想
随着飞越的翅膀
跨过层层叠叠的崇山峻岭
仙境在若隐若现的山岚中浮现
座座挺拔高耸的山峰
尽显巍峨与雄伟
条条玉带般多姿的溪水
魔鬼般紧紧缠绕山峦
温婉而浪漫地流淌、流淌

呵呵
在这充满希望的清晨
我仿佛看到

在深山静谧处
在肥沃滋润的土地上
一对年轻夫妇汗洒如雨
男子奋力耕耘
女子勤勉撒播
此刻,我欢喜地看到
漫山遍野的葱茏山色
满山飘香的累累硕果

清晨,我从乡间走过

乘着瑟瑟的清风
迎着初升的太阳
清晨,我从美丽的乡间走过

踏上一道道岭
满山的苍翠在呈现
槟榔婀娜多姿示妖娆
红毛丹挺立竞招展
仿佛,在为这美丽的早晨喝彩

我缓步走在
宽敞的水泥乡道上
抬头仰望
蓝天辽阔,白云朵朵
一群小鸟快乐飞翔
在眼前一掠而过

跨上那座石拱桥
俯首桥下
溪水潺潺流淌
波光斑斓闪烁

小螺在水石上蜷动
鱼儿惬意穿梭水底

走在层层叠叠的田野
瓜果在地头沁馨香
小伙子在紧张忙活着
收获、集中、打包与装车
大姑娘正在勤快地
采摘着彤红的百香果
甜蜜荡漾着她心头
不由唱起了心爱的山歌

循着欢声笑语走去
只见不远傍山依水处
绿树掩映下
鲜花拥簇着的幢幢楼房
格外地耀眼、亮丽
啊，在这清爽的早上
我看到了
正走在振兴路上的黎村苗寨
美得像花园一样

垃圾桶

无时无刻
用一种固定的姿势
默默地站立在
大街小巷的路旁

粗糙厚实的身材
没有一丁点的美感
甚至,还让人感到丑陋
承受着,污秽与脏臭的挤压
常常遭到无情唾弃
以忍辱负重的胸怀
坦然包容,面对一切

每当,宽敞整洁的广场上
天真活泼的孩子们
欢快地嬉耍追逐
每当,融融月光下
簇簇花丛边
一对对浪漫的情人
手挽手走在
清清爽爽的美景里

你，一个个平凡的垃圾桶
还是以一种固定的姿势
静悄悄地站在
无人注目的角落

风吹过海岸

风,从远方而来
掠过万水千山
跨过琼州海峡
吹过弯弯的海岸

风吹过海岸
一个伟大的身影
在琼州大地浮现
一句洪亮的声音
从博鳌发出
回荡在海南的上空
这声音
响彻了亚洲
震撼了世界

风,吹过海岸
经过了,冼夫人平息叛乱
黎民百姓安居乐业的沃土
经过了,黄道婆跋涉追寻
纺织技艺的边陲
经过了,海瑞罢官

回归的故里
吹到了,二十三年红旗不倒的海南

风,吹过海岸
经过了这一片
娘子军战士
用青春与生命
浴血奋战的红色土地
我们,昂首边步
意志,坚如五指山磐石
豪情,柔似万泉河流水

风,从海岸吹过
我们启航了
带着美好的梦想
怀揣满腔的希望
从波涛汹涌的
茫茫南海
远帆、远帆……

火山石斛

是几十亿年前的星球碰撞
是几千万年前的地核爆炸
造就了这神奇的火山
火山石斛,以顽强的生命力
跻身在这苍凉的劣境
纤细弱小的根须在夹缝中插足
柔软的藤蔓在岩壁上攀附
你的味道无论是甘甜或苦涩
都是为扶助苍生而生
都是为救济世间而长
你是悠悠亘古的见证者
更是遥遥未来的吉祥物

悠悠竹情

那盆九里香读书会窗台上的文竹
虽然，你只有矮小的身子
却不失傲立冲天的气节
虽然，你只置身于窄小的方寸间
却不乏宽广博大的胸怀
每当，晚风徐徐吹起
目睹着你柔美的身姿
总会被你崇高、圣洁、浪漫的品质所感染
总会激起我心中的缕缕情思

忘不了，儿时的时光岁月
在偏僻的小山村，低矮的房屋里
父亲大口地吸着竹筒烟
粗糙长满老茧的大手
抚摸着我圆圆的小头
对我百般地叮嘱与吩咐
让我增强了
人生征途上的力量和勇气

又仿佛看到
每当学校开学报名前

在弯弯曲曲的乡间小路上
母亲头戴竹笠
卷着裤腿，打着赤脚
手拎精美的竹篮子
装满鸭蛋
走村串户去叫卖
为我和姐姐的报名费奔走

更抹不去的还有
美好的青春记忆
村外的那片竹林
烙印着甜蜜的爱情经历
人生的第一次亲吻
就飘洒在那山坡上
摇曳的竹林里

一条驮着梦想的巨龙

一条驮着梦想的巨龙
奔腾在崇山碧水间
从被山兰酒陶醉的黎村掠过
在三色饭飘香的苗寨穿越

无论是晨风送爽中
或是阳光明媚时
还是银月洒泻下
你都贯通连接了
五指山的雄伟崇高
七仙岭的风情浪漫
三亚湾的深邃博大

呵,山海高速
你像一条
驮着梦想的巨龙
承载着亘古的传说
肩负着时代的使命
迎着吹过海岸的风
奔向美好的远方……

相聚云湖边

——有感于琼南地区基层文学写作讲习班

为了一个神圣的契约
带着渴望,揣着梦想
我们从七仙岭出发
驶上宽阔的山海高速
一路向北
跨过高高的五指山
向着琼中前行
走进了群山拥抱的云湖

在云湖边,在智慧厅讲堂里
我们聆听
梅国云主席的谆谆教诲
我们凝神关注
刘复生教授的精彩讲课
我们感动不已
李音博士的生动演讲
我们受益匪浅
林森主编对创作疑难的层层解析
我们收获满满
邓西作家创作经验的
无私分享

在龙凤厅美食园
我们举起
装满山兰酒的杯
品尝着丰富的
琼中美食大餐
坐在湖畔咖啡厅里
惬意地享受着
从黎母山吹来的
一阵阵轻柔的风
遇见了熟悉的老友
结交了陌生的新朋
我们一见如故
为了心中的挚爱
走到一起

美丽的云湖边
印留着我们坚实的脚印
飘荡着我们的欢声笑语
虽然，短暂的相聚
终会散去
但多彩的云湖
将永远留下
一段美好的记忆

丰碑,在崇山峻岭上矗立

——瞻仰五指山革命根据地纪念园

启程,始于旖旎的七仙岭脚下
驶上宽坦的山海高速
穿过一个又一个隧道
向着五指山前行
跨越奔腾不息的昌化江
来到深山密林的毛贵村
来到了我们要瞻仰的——
五指山革命根据地纪念园

走在大理石筑造而成的烈士陵园
脚下的每一块基石
好像,都在向我们诉说着
一个个坚强的故事
犹如看到
英烈们并没有倒下
只是累了,躺睡着
静静聆听
从黎村,从苗寨传来
跳竹竿舞的欢笑声

英雄广场上的一座座雕像
让我如临其境,仿佛看到
硝烟弥漫中
琼纵战士浴血奋战的身影
白沙起义的大旗下
黎苗同胞举刀杀敌的雄姿

这是一片红色的热土
总司令朱德来了
元帅叶剑英来了
无数个中华人民共和国的
革命家、军事家来了
在这英雄的土地上
留下坚实的足迹
和无价的墨宝

环顾四周翡翠山峦
只见雄伟的纪念碑
高高矗立在崇山峻岭上
不禁肃然起敬
我庄严地举起了右手
向第一面五星红旗
在海南升起的地方
致以最崇高的礼仪

题墙上草

不畏身边环境的恶劣
也不为脚下的艰难所吓倒
生命,在夹缝里诞生
呵,弱小的墙上草
你一点也不担忧
同样分享着天空的蔚蓝
愉悦地接受阳光的灿烂
在和煦微风的吹拂下
呈现浑身的蓬勃葱绿
在细雨的滋润中
节节拔高,积极向上

每天,每天

每天,每天
总离不开一日三餐
每次,总会想起一位
戴着草帽行走在
禾苗青青的稻田中的老人——
杂交水稻之父袁隆平

2021年5月22日
是杂交水稻忧伤的日子
这位慈祥的父亲躺下了
沉甸甸的稻穗也为他低下了头
我们不会忘记他说过
禾下乘凉,覆盖全球
渐渐泛黄的稻子开始熟了
他却悄悄地走了
我们再也看不到
辽阔的蓝天下
那位戴着草帽
认真地捡着稻穗的老人了
只能深情眺望着
那一片片

留下他足迹的广袤田野

每天，每天
当快乐时光来临
千百万家庭团圆
亲朋好友聚首相会
端着那碗香喷喷的米饭时
便是对杂交水稻之父
一种特别的致敬

临高角

来到临高角
站在热血丰碑雕像前
我深情地眺望着
这片深邃、辽阔的大海

风,徐徐拂面
像一声声战斗的号角在吹响
蓝天里,朵朵飘动的白云
犹如当年枪林弹雨中的硝烟
从天际涌来

嘭、嘭、嘭……
海浪拍打着海岸
像是解放大军一阵阵
登陆的步伐声
弯弯的海岸上
那一片片,那一粒粒
闪烁着黑褐色的砂石
是先烈们鲜血染红
干涸后变成的颜色

海面上
那一艘来回的船只
仿佛让人回想起
惊涛骇浪中的木船
以排山倒海、锐不可当之势
向着蛮荒的海岸线
勇往直前,破浪而来

临高角
你承载着历史的烟尘
你记录着悲壮的故事
在这片茫茫的大海中
从不息的涛声里
不断传来

讲 台

——致勤奋耕耘的教师

老师,当你挺立在
一方讲台
在一双双渴望的眼睛里
你那样俊秀、儒雅
你每一次挥臂舞动
总让幼小的心灵
得到安抚和慰藉

三尺讲台
是你履行使命的阵地
你那亲和的声音
是一首动听的歌
缭绕在每一个学生的耳畔
你和蔼的笑容像一缕缕阳光
温暖求知者的心

老师,亲爱的老师
三尺讲台
是你传播知识的地方
将爱的甘霖播撒

滋润幼苗
给梦想插上翅膀
飞翔在辽阔的天空
穿梭于广袤的大地

老师，当你看到
小树已高耸入云
花朵变成丰硕的果实
收获的季节来临
你仍挺立在三尺讲台
微笑着，挥动着手臂

太阳，在与我交谈

太阳
你在与我交谈时
为何总表现得那么猛烈
束束火辣的光芒
刺得我睁不开眼睛

其实
你并不像我想得那么坚强
当电闪雷鸣
暴风骤雨来时
火热的激情
突然冷灭
你就不知躲到哪儿去了

还有
你也不人懂得温柔
当夜幕降临时
你便逃之夭夭
任月亮向我撒娇
星星对我挑逗

白石·溪

我是一尊石
一尊硕大的白石
一尊屹立在溪中的白石
一尊溪水缠绕着的白石

千万年来
纵然是溪水浸泡
纵然暴风骤雨不断袭击
以及烈日炎炎烤晒
都改变不了我的品质——
一身坚硬与洁白

蕾蕾

你的出现
一点也不显眼
像颗小豆豆
悄悄地冒在
枝叶的缝隙间

你虽算不上丑陋
可也称不上有颜值
不会惹来花蝶迷恋
也不会引起蜜蜂青睐
不像叶子苍翠碧绿
也不像枝干粗壮坚硬

你平凡柔弱
静静含苞守候
默默地孕育着
当满山遍野
一片艳丽
一派芬芳
开满了朵朵鲜花
你便完成使命隐去
无声消失，再也看不到影子

风雨过后，乃是艳阳天

乌云涌动，天空灰暗
狂风在劲吹
暴雨在敲打
树倒下了
房屋垮了
然而，无法冲去和吹垮的
是坚强而伟大的生命
因为，它背负着呵护与担当
因为，心中有信念
再大的风雨也会终止过去
然后，便是一片艳阳天

落叶之美

一阵阵柔柔的风
像旋律般轻轻吹来
落叶,如翩跹的舞者
飘飘洒洒,曼妙降临

抱着远大的理想
怀着执着的信念
带着美好的希望
把一叶叶的金黄
投向博大的山川
投向滚动的江河

啊,片片落叶
你潇洒地飘落
你无私地付出
你无悔地牺牲
换来大自然
一派蓬勃的生机
让广袤的大地
呈现崭新葱茏的绿意
为和谐的人间
展示姹紫嫣红的美丽

三沙石

你是一块石头
一块块硕大的石
顶着蔚蓝辽阔的南海天空
昂首挺胸扎根在
三沙岛上的磐石

你们是一排排石
一排排矗在
茫茫南海的巨石
见证了千万年来
莫测的风云变幻
惊险的骇浪搏击

纵然日夜被浸泡
也挥之不去你的本色
尽管暴风骤雨疯狂肆虐
也不能让你低头屈服
烈日炎炎烤晒算什么
哪怕是电闪雷劈
也改变不了你
——一身峥峥傲骨
这，就是你
坚定不移的三沙石

心溪

一条悄悄涌动的溪流
在我心头频频荡漾
每天,不知流出多少
苦恼、忧愁与困惑
也不知,流进多少
开心、兴奋与快乐

我心中的溪流呀
安静、清澈与宽阔
多希望,这心溪
滋润出一个多彩的世界
也期盼那些美丽的鱼儿
跃入我温暖的心溪
尽情地畅游

夏之印象

夏的印象
就如南国里
一朵朵微笑的红棉花
被山风海韵吹得
一片飘洒，一片彤红

阳光是夏季里
最强烈的呼叫与呐喊
在辽阔的宇宙间
激情地谱写与弹奏着
光与热的乐曲

在四季的行列里
你最为凶猛、强悍
用最注目、暴烈的色彩
把世界扮得金黄、火红

什么时候，能下一场大雨呢

天
太旱了
什么时候
能下一场大雨呢

田地龟裂了
禾苗枯黄了
什么时候
能下一场大雨呢

日头这么毒
气温这么高
什么时候
才能下一场大雨呢

干涸的心田
也渴望
一场大雨降临
获得滋润

天在下雨,她在写诗

——记一位女诗友

窗外
飘飘洒洒,淅淅沥沥
天,下着小雨
屋里
她埋头伏案
正在写诗

她在构思
要把粒粒雨滴
化成纸上颗颗文字
她在遐想
要把条条雨丝
变成行行诗句

真不知道,她是想
把诗写得像雨一样平常
还是把雨写得像
诗一样浪漫

雨伞

你总蜷缩着躯体
静悄悄地,置身于
灰蒙蒙的角落

当乱云飞,惊雷吼
你便冒尖,你才出现
挺力张开臂膀
腾出一处安逸
演绎一幕幕精彩

少妇依附着你
背上的婴儿安然酣睡
母爱的博大,被彰显得淋漓尽致
雨中行走的恋人
在你的庇护下
真爱在洗涤中更加甜蜜

呵,一把小小雨伞
你风里来,雨里走
不辱使命在其中
在无私无畏的担当里
展现着自身的风采与美丽

野花

花圃里没有你的位置
园林间找不到你的身影
景区中没有你的立足之地
百花园更看不到你的名字
你没有玫瑰般招人喜欢
也不像牡丹那样靓丽
甚至没有正式的名字
只有一个不雅的绰号
——野花

你总是身居
崎岖坎坷的山路边
险峻恶劣的悬崖上
荒无人烟的滩涂旁
没有任何呵护
更无丝毫抚育
甚至还会遭到野兽的践踏侵袭
然而,你无所畏惧
前仆后继
彰显着你的坚毅

野花
其实你活得很潇洒
谁都夺不去你绽放的权利
你坦诚地吸收着
含情脉脉雨露
你大胆地接受
阳光赐予的温暖
勇敢献出你的灿烂
毫无保留地盛开

金黄的山兰地

天空格外湛蓝
云朵忽远忽近
山兰地里
微风掀起层层波浪
荡漾着一派灿烂、金黄
农夫背负孙儿
来到这里仔细端详

稻穗弯弯
颗粒饱满
随手捻来一把
深情地来个深呼吸
分享着这浓浓的稻香
背上的小家伙乐了
举起嫩嫩的小手
指着眼前
一群飞过的雀儿
农夫舒心地笑了
喜悦爬上了他的眉梢

凤凰花

一瓣瓣像爆炸的鞭炮
一团团似摇曳的火焰
啊！凤凰花
你总是在这激情的季节
开得轰轰烈烈

凤凰花，你的娇艳美丽
是毋庸置疑的
与你相伴的稚嫩绿叶
都为你的大胆而害羞低头
站在一旁的粗壮树干
却为你的豪放而高傲

凤凰花，无私的花
你把美奉献给了乡野
让广阔的大地
增添了光彩、姿色
山川快乐为你喝彩
河流跳跃为你欢笑

凤凰花，吉祥之花
你把美丽带到人间
无数恋人，在你面前
窃窃私语，定下终身
多少情侣，在你月下
寻寻觅觅，找到真爱

小鸟飞过的遐想

站在旖旎的七仙岭脚下
我仰望天空,一片蔚蓝
忽然,一只漂亮的小鸟
从眼前翱翔掠过
越飞越高,越飞越远

飞过的小鸟
唤起我绵绵的遐想
是否小鸟它
厌倦了这片森林
放弃了这座家园
难道这里充满阴险
这里有太多的纷争
还是同伴抛弃了它
才远走高飞

或许经不住他山的诱惑
心中有了新的追求目标
便不怕雨骤风狂
也无惧前程遥远
因为怀有美好梦想
就义无反顾昂着头
展翅飞向茫茫远方

路灯

在繁华的城市里
在热闹的街道旁
你像个恪尽职守的战士
挺直腰杆默默执勤
虽然高高站立
却怀谦逊品质
总是微微低着头
向过往的游客
向来回的行人
深情表达敬意

当夜幕悄悄降临
当黑暗无情来袭
你便立即履行使命
发出犀利的束束光芒
频频洒向广阔的大地
传播给美丽的人间

莲

将粗糙的根须
深深地扎在
熏黑发臭的淤泥
浊水缠绕着你的身躯
但丝毫无损你
昂首向上的高洁气质
腰肢在浸泡里挺立
劣境中，你依然自豪伸展

片片摇曳的蓬叶
像一把把撑开的伞子
大胆面对太阳的照射
主动迎接雨露的赐予
你虽不像椰树那样
高大伟岸而迎风招展
但你不失娇俏玲珑
妩媚而楚楚动人
你勇敢地绽放着
粉红又灿烂的笑脸
——朵朵绚丽多姿的莲花

流浪海南

我的心,很贪婪
总是在梦幻,总是在流浪
但,不是流浪地球
而是我们的海南

穿过重重的时光隧道
我流浪到了五十亿年前
此刻,地球刚诞生
海南
是荒无人烟,一派苍茫
只有那纵横交错的湖溪江河和满山遍野的
树木、森林、花草、藤蔓

穿过重重的时光隧道
我回到了20世纪三四十年代
我看到
五指山上,万泉河边
一面鲜红的旗帜
坚持二十三年不倒
高高飘扬在琼崖大地

穿过重重的时光隧道
我继续穿梭
飞向一百年后的海南
此时,我看到
广袤的大地一派蓬勃葱茏
分不清城市与乡村
和五十亿年前的景貌
竟如此相似
我感到不解与犹豫
社会发展的进程原来如此
就是复苏远古的文明与原始

相聚秋季

我们,一起走来
翻过一座又一座山
我们,一起走来
蹚过一道又一道河
我们,一起走来
跨过一程又一程

在明媚的春天
我们共同涌动于姹紫嫣红的美景
在热浪滚滚的夏日
我们分享着红毛丹的清爽、甜蜜
伴随着从七仙岭吹来的阵阵绿风
我们来到耐人寻味的秋季
这是个收获的季节
我们在满山遍野的果香中沉迷
这是个浪漫的季节
中秋佳节,花好月圆
这是个伟大的季节,祖国七十岁生日

我们相约,我们团聚
在这美好的秋季

用我们澎湃的激情
连同窗外酣畅的雨
一起祝福,我们的民族
我们的祖国
富强壮丽,繁荣昌盛

写在七十年前

——为纪念抗日战争胜利七十周年而作

滔滔南海依然波涛澎湃
巍巍五指山永远不会忘记
七十年前那惊心动魄的一幕幕
一群入侵者的罪恶铁蹄
肆意践踏着广袤的琼崖大地

我们可爱的村庄和房子
在熊熊火焰中被烧成灰烬
鸡猪牛羊被掠夺
多少无辜的兄弟倒在屠刀之下
无数的姐妹惨遭蹂躏

硬邦邦的头颅岂能白丢
举起刀枪，浴血抗击
用血肉之躯
筑起保卫家园的长城
让日寇在我们面前丧胆

滚蛋吧，狗强盗
我们的疆土岂容你在此猖獗

看今朝茫茫南海
竟有狂徒意欲掀浊浪
妄想霸占，干戈再起
泱泱大中华
何惧几个小丑来挑衅
那么来吧
让你葬身汪洋喂大鱼
七十年前的惨剧还能重演吗
非也！如今神州已崛起

第二辑

故乡之恋

难忘家乡美味文昌鸡

蹚过万水千山
历经东西南北
记不清饮过什么琼浆玉液
也不知尝过多少美味佳肴
最难忘,除夕圆桌上
魂牵梦绕的文昌鸡

每当新春聚首
父亲总摆上那壶老酒
母亲端来文昌鸡
这是每年不变的主题

品味一块又一块
皮脆肉嫩的文昌鸡
美食飘香,将春的气息熏染
归来的游子总会
陶醉
爱的温暖
情得火辣

故乡春游

在故乡的沃土上春游
我陶醉在那片
长满绿草的山坡
那是少年时代
小娇放牛的地方
听说嫁到远方的她
成了出色的女老板

村外那条弯弯的小溪
依然哗啦啦地流淌
像在诉说着岁月的蹉跎
当年一起嬉水玩耍的三哥
已是带孙的爷爷

我惬意地游走在
村中平坦的水泥路上
在明媚的曙光里
遇见一群小朋友
奔跑着、跳跃着、追逐着
遥想儿时的我,赤着脚
走过满是泥泞的田埂

春风徐徐吹来
我听到小草拔节,山花绽放
远处山野一片葱绿

年味

年味是游子归乡步履中
匆匆而来的脚步声
除夕夜里那道腾空的火焰
是一朵朵爆炸的年味花
年夜饭团聚的圆桌边
母亲开怀的笑脸上
条条皱纹写满了年味
父亲剁白斩鸡的大手
颗颗老茧也记录着年味
孩子们在鞭炮声中
忍不住点着红包钱
洋溢着一派童真的年味
年味,是女人们
站在红红的春联旁
温馨的祝福声娓娓道来
年味还是,男人穿着唐装
坐在高挂的红灯笼下
举着酒杯,醇香中
沁人心肺的豪言壮语

站在村口的母亲

已记不清多少次
当我轻轻地
跨出老屋的门槛
准备离家,准备外出
母亲总会拉着我的手
跟随走到村口
站在那棵椰树下
对我万般叮咛
又对渐行渐远的我
不停地招手

如今,我又走到村口
再也拉不到母亲的手
但见远处山坡上
那长满了青草的土堆
渐行渐远的我倏忽落泪
母亲的嘱咐涌在心头
看到路旁随风摇曳的椰树
犹如母亲站在村口
向我招手

父亲的水烟筒

印象中的父亲
总与他的水烟筒
形影不离
时时刻刻,随带身边

在烟雾缭绕中
他尽情享受着
这份独特的快乐
高兴时
拿着水烟筒
在我们面前迈着方步
手舞足蹈地摇摆
嘶声高唱着
有点走了调的琼剧
戏没唱完,咳嗽声起
那是他每次唱戏时的伴奏

抽水烟筒时的父亲
总会遭来母亲的责骂
我佩服
父亲是这样的大度

在母亲面前一言未发
不管母亲怎样数落
他都是那么坦然,保持沉默

而母亲不在场时
是父亲扬眉吐气的时刻
他在那班烟友前
高举着水烟筒,大声又神气地说
男人是什么
就是抽烟不怕老婆
他的豪言壮语
得到了全体烟友的吆喝

有了盒子烟"过滤嘴"
父亲把水烟筒丢掉了
远逝了的水烟筒
给我留下的只是
——童年的记忆

回家的心情

——写在临近的春节

阵阵凉风,徐徐吹来
天上,飘着毛毛细雨
仿佛,听到春的脚步声
回家的心情总在心中
像一团火熊熊燃烧

听说,环村的水泥路
年前已建好开通
村旁那座石条小桥
早已拆掉,修建成了大桥

不知路边那排排的椰子树
是否还是老样子
屋前那棵野荔枝树下
兄弟妯娌们,还常坐那里
听三伯爹"学古"① 吗

兄长打来手机讲

---

① 学古:海南方言,意思是讲故事。

早已酿好了一大坛
浓浓醇香的家乡米酒
妹妹在微信中聊
笼里的一只只文昌鸡
已经喂养得肥肥胖胖

年来了,春节到了
母亲,喜悦着一年丰硕的收获
父亲,早已备好春播的种子
游子,背着沉沉的行囊
充满了深厚的爱和思念
带着无限的希望与期盼
回家、回家……

村路弯弯

弯弯曲曲,坎坎坷坷
一条很老很老的乡路
像沉睡的龙,寂静地躺卧着
在村头无限地向外延伸
进进出出,来来往往
不知经历多少千年
也不知走过多少万人
有人从此走出大道坦途
也有人在此摔跤跌倒
啊,一条弯弯村路
承载着村民的悲欢离合

村野偶见

村子被层层绿色
——紧紧搂抱着
村外悠然躺卧着潺潺溪流
一缕缕温暖的阳光下
一阵阵和煦的轻风中
是谁家的孩子
光着屁股
还带着一只小狗
扑通跳进小溪
湿漉漉的圆头
探出水面
对岸边那片葱茏的槟榔园瞪着眼睛的小狗
绽开了童稚的甜甜笑脸

家乡的云

登上神奇、迷人的七仙岭
我总会深情地面向东北方
对着那片湛蓝的天空
眺望着家乡的方向
看着你腾空而来

你从椰乡出发
飘过多情的万泉河
飘过壮观的东山岭
飘过美丽的珍珠海岸
迎着暖暖的日光
来到我的身旁
来到红毛丹生长的地方

哦,家乡的云
你斑斓多彩
真的好靓、好靓
就在我的头顶上
不断地涌动与变幻
唤起我无限的遐想
激起我绵绵的期盼

家乡，你好

望着蓝阔的天空
我高高地挥着手
深情地道一声——
家乡，你好
我要匆匆告别你
独自去闯天涯

老屋旁的棵棵椰树
像童年的小伙伴
排着队、鼓着掌，为我欢送
轻轻和风，吹得我心头澎湃、荡漾

门前的小路，弯曲着向外伸展
路边的小草上，顶着无数的小水珠
晨光下格外晶莹、透剔
我不知道，真不知道
我是家乡的一棵小草
还是家乡的一滴水珠

村外那条浅浅的小溪
福寿鱼成群地游着

像装载着乡亲们的美好梦想
随着哗哗流淌的溪水
不断地游向很远、很远

望着蓝阔的天空
我高高地挥手
再次深情地道一声
家乡，你好
我就要匆匆离开你
孤身去闯天涯

家乡的小溪

时常想起家乡的那条小溪
婉婉转转
曲曲弯弯
在村前的田边默默流淌
没人知你从何而来
将去向何方

在那片赤红的土地上
年复一年
青了丛林
绿了牧草
黄了金稻
兴旺了家乡儿女
一代又一代

心中的小溪
你是
阿公阿婆的福安
阿爸阿妈的喜望
姑娘小伙的柔情期盼
我永远的思念

家乡的风

家乡的风
就这样轻轻地
从琼北徐徐吹来
把我所有的思绪
变得绚丽多彩

家乡的风
就这样轻轻吹来
像儿时母亲那
串串银铃般悦耳的呼唤
声声叫喊着我的乳名
如长大后父亲那
谆谆教诲的壮美语言
勉励我在人生征途
驰骋奋蹄

家乡的风
就这样轻轻吹来
像一曲动听的音乐
翩翩从耳边飘过
浪漫的故事
似浓厚醇香的美酒
酿造着爱的快乐与甜蜜
随风而至

家乡的米酒

家乡的米酒
淡淡的
不像二锅头般浓烈
稍有些黏稠
不像五粮液那样剔透

每一次回家团圆聚首
喝着家乡的米酒
总会想起儿时
母亲大声对我喊叫
也会想起
父亲小声对我嘱咐

远离家乡，奔波在外
喝着从家乡带来的米酒
总会想起女儿小时
在我面前的欢笑与撒娇
也会想起
每次喝酒时
儿子总是对我说
爸，你要多吃肉、吃菜

千万别喝醉了

淡淡的家乡米酒
洋溢着
家乡人淳朴、憨厚的浓情
喝个一斤或八两
也绝不会上头
而涌在心窝暖暖的是
满满的思恋与乡愁

乡土

乡土——
你滋养着万物的生命
你托付着我们温馨、美丽的家园
我们婴儿般在你温暖的怀抱里
你像伟大、慈祥、温柔的母亲
无私地奉献出那甘甜的乳汁

乡土——
在你饱满、丰腴的身躯上
我们撒下了一颗颗、一粒粒
非常微小,非常轻细的种子
同时,我们豆粒般的汗滴
也一起纷纷抖落
还有那一行行跋涉的足迹

乡土——
我们感受着你的赐予
也不懈地耕耘与努力
虽然,会有暴风骤雨的袭击
也会有电闪雷鸣的威胁
但是,我们无所畏惧

因为,我们有一缕缕的阳光沐浴
还有一阵阵凉爽的清风的陪伴
我们看到了远方美丽的风景
便义无反顾,继续前行

乡土——
在你这片广袤的原野上
我们在春天播下的
充满希望的种子
它,必定会冒芽、生根
它,还会成长、开花与结果
我们勤勉、艰辛的劳作
我们执着、无悔地付出
但愿在那硕果累累的丰收时节
我们尽情享受欢乐
收获万紫千红

椰树·故土

那排列成行的椰树
在山风海韵中
展露着俊美与魅力
故乡的沃土孕育出你
雄伟、刚强、永远挺拔的气魄

粗壮、伟岸的身躯
根须深扎故土
茎叶向着碧空摇曳
挺立着将情怀倾诉

椰树、故土
彼此相依、相靠、相守
相约不弃
那不离不弃的还有
游子对故乡的思恋、深情

在遥远的他乡

在遥远的他乡
天空，一样蔚蓝
云朵也很飘、很白
跟家乡没有什么两样

他乡的山
比家乡的山还要大
山上的树，比家乡的还高
他乡的河流
比家乡的要宽阔
水中的鱼儿
比家乡的还要多

在他乡的街道上漫步
看那一群群匆匆离去的人
都是那样生疏、不认识
而迎面走来的一批批面孔
个个都是那么冷漠、陌生

一阵阵狂风吹
一片片乌云压

我慌慌张张忙奔跑
躲在一间低矮的屋檐下
望着哗啦啦的大雨从天而降
忽想起，在遥远的家乡
母亲常在雨中给我送雨伞

第三辑

保亭赞歌

夜幕下的七仙河

夜幕徐徐降临
华灯闪亮登场
不远处的七仙岭
经不住柔风撩吹
朦胧中，酣然入睡
而脚下的七仙河
依然奔腾涌动
波光粼粼中
斑斓绚丽处
荡漾着一腔激情与浪漫

清清河岸边
曲径走道里
款款走来一位
飘着长发，明眸大眼
穿着黎服，唱着黎歌
像甘泉一样清爽
像槟榔一样婀娜
像红毛丹一样彤红
仙女般下凡的黎家姑娘

她轻轻地
从河畔走过
夜幕中,渐渐地
消失了她多姿的倩影
一缕晚风,仿佛送来
她浑身散发的芳香
看着七仙河哗哗地流水
犹如听到她甜美的笑声

七仙河，在流淌

七仙河，在流淌
你没有黄河的气势磅礴
也没有长江的源远流长
只是一条涓涓细流的小河
每天，哗啦啦地抒唱着
风情保亭那有韵味的山歌

七仙河，在流淌
一河潺潺碧水
滋养着翠绿两岸
青槟榔更青，红毛丹更红
一腔拳拳激情
孕育出黎苗生命的侠骨温柔

七仙河，在流淌
像天上人间，似地下瑶池
沐浴出多少惊艳仙女
吸引来无数猛男壮士
瞄准七月初七这一天
相约河边的七仙广场
陶醉、狂欢、嬉水寻真情

七仙河,在流淌
流进了黎哥哥的胸膛
淌入了苗妹妹的血脉
啊,七仙河
你将澎湃出
海南中部的绚丽与精彩

七仙河畔

晨曦里
光着脚板,我独自
漫步在七仙河畔
廊桥里走出
一个穿着黎服、红毛丹一样亮丽
仙女一般纯情的黎家姑娘

红毛丹一样彤红
红毛丹一样甜美
红毛丹一样光亮
晨光映耀下
青春又活泼

光着脚丫
像我一样
像我一样地
漫步七仙河畔
若仙娥闲步桂宫

她轻盈地走来、走近
从我身旁飘过

渐渐地、渐渐地
消了那彤红的颜色
散了那清纯的甜美
隐去了那红毛丹一样
艳丽夺目的黎服

晨曦里
光着脚板，我独自
漫步在七仙河畔
我渴望再看到
那个穿着黎服、红毛丹一样亮丽
仙女一般的黎家姑娘

醉系雨林仙境

雨，淅淅沥沥
我伫立在蜿蜒的径道
任凭这温柔的雨丝
尽情向我飘洒

在这迷蒙的雨林仙境
我看到，槟榔婀娜多姿
频频摇曳舞动着
溪涧里，对对鱼儿很缠绵
像情侣般形影不离
在惬意自由地游弋

她，妖娆地走来了
一位穿着黎服的姑娘
很热情地对我说
先生，跟我去避避雨
别让山雨淋湿了你
于是，便把我引进
一间精美的小木屋

屋外

多情的雨还在继续
请喝一碗黎家山兰酒
来,我与你一起喝
姑娘向我提议
顷刻间,她竟然把
浓浊的大碗酒喝净
我毫不犹豫
接受了她的敬意

酣畅,已在心中荡漾
双眸,充满了朦胧
在这旖旎的七仙岭脚下
在这迷人的雨林仙境里
在这俏丽的姑娘面前
我,醉了

神玉岛，我们来了

一伙怀着渴望的诗人
一群带着激情的墨客
来了，来到了这里
神奇又奥妙的地方
风光旖旎的神玉岛

站在巍峨的
大禹治水塑像前
放眼瞭望
峰峦山谷间
一湖碧波荡漾斑斓
俯首遥看山脚
槟榔掩映的苗村
崭新的小楼若隐若现
袅袅炊烟在升腾
迷蒙中，我仿佛看到
古朴的茅草船形屋
渐渐远去
只剩下浓浓的乡愁
美好的回味
已变成永恒的记忆

长桌宴的午餐
芭蕉叶盛放的黎家美食
股股香味,伴随徐徐山风
飘逸着无限诱惑
此刻,中午的阳光火爆、猛烈
我的内心充满灿烂
早被这色香味所陶醉

登上精美的小游艇
身心在碧波绿水中
沐浴,畅游
只见岸上密林处一间间
小巧的木屋在山中伫立
我还看到,一对白鹅
在湖中游弋
哦,在这仙境的山水里
我感悟到了
温馨、浪漫与甜蜜
我情不自禁地喊出
美丽的神玉岛,我们来了

秋的寻觅

背着行囊
我们跋涉在
七仙岭的奇山秀水间
去寻觅千万年的传奇
去分享诗情画意的仙境

篝火燃起来
在夜的七仙岭深处
晚餐开始了
我们，一伙寻梦的保亭诗人
坐在倒伏的朽木上
蹲在岩石上
头顶星光月色
脚踏落叶残枝
杯中斟满了二锅头
我们与山泉倾诉
我们与森林对饮

不经意间
一股山风徐徐吹来
顿感阵阵清爽

抬头一望
恰碰你脉脉目光
情不自禁
再端详你温柔的容颜
我的激情在澎湃
我怪,自己是如此的多情
不,是你的惊艳太诱惑
让我无法抵挡

时光,冲淡不了记忆
在秋的思绪里
夜宿七仙岭的经历
总会浮现在脑海里
真想,还和你一起
到七仙岭夜宿
去寻找亘古的挚爱
追逐今生的真情

番托村边那口鱼塘

徜徉在花园般的番托村
行至村边遇见,有口小鱼塘
福寿鱼在水中自由游翔
一村民向池塘里撒网
池塘旁,还堆架起烧烤的篝火
我看到,拉网时
满头大汗的汉子付出的艰辛
又看到,当捕捞起
一尾尾活蹦乱跳的大鱼时
村民露出的惬意笑容
篝火边,阵阵鱼香味
随风飘荡、弥漫
那串串火焰
像是点燃村民红红火火的日子

番托村的春天

春暖花开的时候
我们有个约定
去践行一场美丽之旅
到一个城市与大海
都遥不可及的
飘荡着山兰酒甜蜜的地方
风情的黎族小山寨——番托村

漫步在蜿蜒的环村道上
翠绿花簇掩映中的黎家农舍在眼前浮现
帅气年轻的队长
迈着坚定自信的步履
那是村民幸福的缩影

村外池塘里
村民撒下一张大网
准备捕捞塘中的福寿鱼
还堆架起烧烤的篝火
仿佛，年年有鱼的乡间美味
阵阵扑鼻而来
熊熊的火焰

点燃村民红红火火的日子

田园里，一派盎然春意
紫茄毫无掩盖展丰满
青瓜充分示露粗长
豆角在架上舞动显苗条
西红柿探头显彤红滚圆
朝天椒则举着手在呐喊

漫步在绿色的田埂上
我看到
一位头戴竹笠
腰系背篓的村姑
正在藤蔓缠绕的瓜果间
勤快地采撷着
当我向她走近
她抬头嫣然一笑
此刻，我斜视一旁
一株株玉米秆上
棵棵玉米棒
微风吹来
绿叶轻轻摇曳

放眼眺望远处山峦
朵朵木棉花正在怒放
就像眼前这姑娘一样漂亮
哦，春天到了
姑娘在田地里播种下希望
秋天，她定会收获满满甜蜜

战斗英雄陈理文

我要当兵,我要打仗
我要为死去的兄弟报仇,
我要干掉那些日本鬼子
目睹侵略者举着屠刀
在我们的土地上横行
眼睁睁看着亲人
一个个倒在血泊中
陈理文从心里发出了
悲愤激昂的吼声
再也不能这样容忍
入侵者的肆虐蹂躏

趁着夜晚,陈理文与堂兄
举起石头,砸昏看门日军
逃出了牢笼般的
人茅磷矿厂
从此,陈理文走出什小村,离开家乡
踏上了投奔革命的征程
这一年,他十三岁

在布满荆棘的坎坷路上跋涉

在漆黑的长夜里寻踪
终于,陈理文找到了救星
找到了共产党的队伍
成了琼崖纵队的一名小战士

站岗、放哨、送情报
陈理文在战斗里成长
参军、入党、上战场
陈理文在战斗中成长
灭顽敌,尽显英雄身手
让小鬼子胆寒发抖
救战友,沉着机智排万难
让无数同胞转危为安
炸碉堡,英勇陷阵一马当先
把嚣张的反动派送西天

陈理文,一位从黎族村寨走出
在枪林弹雨中出生入死
身经百战的战士
陈理文,一位忠诚的共产党员
在硝烟滚滚、炮声隆隆中
成长为一名坚强的战斗英雄

龙则村,保亭永远将你铭记

烽火连天的保亭大地
为正义厮杀搏斗的呐喊声
已随岁月的脚步远去
七仙岭上空弥漫的硝烟
也被时代的风云吹散
静静流淌的保亭河
每天都在传颂着
龙则村的传奇故事

一九四二年
流火的七月里
保亭第一个党支部
在这里诞生
从此,在这斜斜的山坡上
在小小的船形茅草屋里
一面印着
镰刀和铁锤的旗帜
在这里庄严挂起
五名年轻的共产党员
坚定地握紧拳头
将右手高高举起

向党忠诚宣誓

从此,在茂密的森林深处
茅草屋里的灯火开始点燃
星星灯火照亮了
无数个昏暗漆黑的夜晚
迎来一个又一个金灿灿的黎明
星星灯火
为迷蒙中的黎民百姓
指明了战斗征程的方向

龙则村
历史不会忘记你
黎苗汉同胞不会忘记你
保亭永远将你铭记

沉香在山谷里飘香

毛感奇楠沉香园
静谧的圣地
南春河在园边低吟浅唱
芦苇花在山坡上挥手致意
黎家兄弟带领我们
穿梭在沉香林中

一棵棵身姿窈窕的沉香树
如一个个佳丽列队媲美
树干沁出淡淡清香
那碧绿的叶子像女郎浓密的头发

沉香园上空,天蓝云白
飞鸟掠过
山谷里吹来阵阵清风
沉香的香飘出黎山
飘向远方

去看那块山兰地

走出奇楠沉香园
我们拄着竹拐,踏着石头
蹚过南春河
去看那块山兰地

其实,山兰早已收割
看不到挺直的稻秆
看不到金黄的谷穗
只有一株株的茬儿
还有那疯长的青草

站在一亩三分的山兰地旁
不禁让我陷入了遐思
黎家人刀耕火种的艰辛
电影般在脑海浮现
晒谷场上庆丰收的欢乐
闺里情歌对唱的浪漫
仿佛就在眼前
啊,渐去渐远的山兰地
黎乡栽种幸福的沃土
一段永抹不去的历史

拥抱道旦村

春暖花开的时候
认识了你——
风情美丽的道旦村
那株妖娆的三角梅
朵朵娇艳的花儿
像张迷人的笑脸
经不住浪漫的诱惑
走进了你的怀抱

瓜果飘香,塘鱼肥大的季节
再次来到道旦村
那片传来蛙声的青禾田
早已收获,颗粒归仓
只见田园白鹭在徜徉
路边那一排排槟榔
树上一粒粒白花
也已结为一颗颗青果

真想,再次吃上
村少妇烤的玉米
鲜嫩、脆口又清香

怎能忘，新屋旁，炊烟起
林家大哥敬我的
那碗甘甜的山兰酒

久久不见久久见……
月光下，庭院里，举杯时
村中传来阵阵
黎家姑娘的歌声
啊！道旦村
让人痴迷，让人陶醉
我情不自禁扑向你
紧紧拥抱

犹如将军镇疆土

——致和坊

你犹如威武的将军
驻守在这温柔的沃土
不被春的柔美所陶醉
不为夏的炎炎而汗颜
也不被秋的缠绵诱惑
更不为冬的寒冷畏惧

风情万种的保城河
款款在你眼前走过
靓丽的七仙大道
每天与你擦肩相视
而你岿然如山
不为凡尘的浮动所惑

七仙岭展开少女般的姿态
向你敞开温暖的襟怀
你用注目礼深情回应
静观一方山水的妖娆

呵，和坊
一座巍峨的阁楼
像一位履行职责的将军
将坦荡不变芳心
镇守在保亭这片
博爱、神圣的疆土福地

在连章水库

潇潇春雨不停地下着
我们在弯弯的山路上前行
脚步在山间行走,去寻觅
在水一方的谧境与精彩

穿过群山峡谷
走进清静的连章水库
抛出一线梦想
沉默中期待
钓竿起落间
收获惊喜与意外
欢叫声,在劳作中此起彼伏
多么想,钓起一泓清波
冲去一切浑浊

在深不可测的水域
我们撒下一张大网
在微波粼粼荡漾处
捕获一网绚丽斑斓

七仙岭

七仙岭
像七名婉约的美女
亭亭玉立在
保亭这多情的大地上
你的美丽闻名遐迩
让无数游人为你着迷
迫不及待
漂洋过海,慕名而来
争睹你楚楚的风采

七仙岭
你蕴含着无限的传奇
森林里,山顶上
甘工鸟的悲戚
随着岁月的云烟
渐渐散去、散去
温泉旁
三月三狂欢已注入新意
瑶池边
七月七的激情嬉水
在演绎着新一轮的浪漫故事

七仙岭脚下

旖旎的七仙岭脚下
多情的七仙河紧紧地
缠绕着广袤的保亭大地
爽快激荡地流淌着
在缕缕阳光的照耀下
像银河中流动的星星
在山峦碧野中晶莹闪烁

在山兰酒弥漫的黎村
在三色饭飘香的苗寨
山坡上
什玲鸡快乐觅食奔波
河塘里
六弓鹅悠闲放声高歌

亭亭多姿的槟榔园里
黎家小伙在辛勤劳作
汗水滴滴洒落的地方
呕心沥血浇灌的沃土上
涌动满园蓬勃葱绿
展现一派希望与生机

棵棵高大的红毛丹树上
苗村大姑娘快乐采撷着
圆绒绒的彤红硕果
同时,也收获着
甜蜜浪漫的爱情
和谐幸福的生活

绿风,从七仙岭吹来

绿风
轻轻地、柔柔地
从旖旎的七仙岭
飘过茂密的丛林
飘过辽阔的田野
飘过重叠的山峦
徐徐拂面而来

带着槟榔花的清香
带着红毛丹的甜蜜
飞过山兰酒流溢的黎村
越过三色饭芬芳的苗寨
穿过三月三的浪漫
掠过七月七的狂欢
吹绿了温馨的四季
吹绿了广袤的大地
吹绿了多情的保亭

保城秋韵

这是一个多情的季节
保城河款款流动着浪漫
清清爽爽的秋风
吹得满街荡漾着温柔
一群五颜六色的北国候鸟
纷纷结伴飞来栖身
点缀着迷人而绚丽的保城

这是一个收获的季节
满山的槟榔亭亭玉立
婀娜的躯干上硕果累累
小伙子忙着收获、采撷

绒绒的红毛丹也熟透了
赤裸裸地尽显着它的美容
大姑娘肩负背篓
在一株株摇曳的树旁
把颗颗甜蜜果装下
在这温馨的时节
爱的梦幻
也将在此美妙编织

啊，秋韵浓浓的保城
黎乡的山峦，依然葱茏翠绿
苗寨的涧水，更加晶莹剔透
只是，多了几分温情
多了几分诱惑
给人无限遐想、向往

保城的树

保城的树
——枝繁叶茂
保城的树
——郁郁葱葱

保城的树
犹如列队的战士
一排排、一行行
屹立在街道两旁

保城的树
或许来自七仙岭
或许来自黎乡苗寨
还有来自异国他邦

它们告别了自己的乡土
离开了熟悉的环境
从四面八方聚集在此
牢牢扎根在这块沃地
为保城增添一道道亮丽

啊,保城的树
不管你被安排在哪个位置
都为"国家卫生城市"添绿
都为"全国文明城市"增彩
向世间展示着你美丽的风姿

七仙广场感怀

甘工鸟从这里飞过
七仙女也曾在此嬉戏欢歌
七仙河在一旁静静地诉说
迷人而浪漫的夜晚
七彩灯辉煌闪烁
悠扬的旋律总会高昂升起
多姿矫健的舞步频频摆动
啊，温馨多情的七仙广场
日日夜夜、时时刻刻
都演绎着精彩与快乐

甘工鸟

你带着天地间的烟云
已渐渐，飞远、飞远
七仙岭旷阔的上空
再也听不到你委婉的叫声
是何人给你留下永久的遗憾
无论是阵阵山岚弥漫
还是八九月的暴雨敲打
都抹不掉你泣血的伤痕

你的凄婉与悲戚
使七仙岭的山泉都沸腾了
岭下树上的一颗颗红毛丹
像一双双为你哭红的眼睛
也为你掉泪，为你悲伤
永恒不变的千古传说
世世代代，感动与唤醒了
多少黎村苗寨的少男少女
一颗颗怦然跳动的心

仙境中的缠缠绵绵
梦幻般的美妙与浪漫

化作年复一年的美好祈祷
三月三的祝福
七月七的狂欢
总想让你的传奇更富新意
总想使你的故事变得美丽

啊，甘工鸟——
你飞越过的神奇旖旎的风水宝地
会借助你幽怨的双翅
不会在伤感中沉沦
只会在宇空中搏击
飞向美好辉煌的明天

因为

因为登上了高高的七仙岭
我悟到了山的神奇
体验到了保亭的秀丽
我迷上了这富有风情的美景

因为在那船形屋下
和一群赤臂光膀的壮汉
大碗大碗地喝着
醇美的山兰玉液
我深深感到
黎苗男儿的淳朴、强悍

因为在暖融融的温泉旁
看到一群仙女般可爱、漂亮
穿着黎锦苗服的姑娘
在尽情地嬉水、游玩
我喜欢上了这群
温柔、浪漫的黎姑苗妹

因为吃了鲜艳的红毛丹
我感到无比甜与爽
我永远忘不了
养出这果实的土地

雨后保亭

雨后保亭
微风轻吹,无比惬意
多情美丽的七仙岭
展示一派浓浓新绿
温柔可爱的保城河
流动清澈的快乐
我尽情地深呼吸
由衷感激——
雨,你为谁而来
风,你为谁而吹
只见——
遍地青槟榔婀娜亭立
满山红毛丹大红大紫

今天这场雨

不知道是谁
昨晚呼来阵阵狂风
今天
便唤来了一场雨

就这样
没有雷鸣,没有闪电
不大不小,说来就来
来得这样温柔
来得这样浪漫
点点滴滴
洒在七仙河的柔波里
给游戏的鱼儿增添了欢乐
就这样
窸窸窣窣
洒落在山野
让七仙岭更翠绿、生机
就这样
洒落在风情的保城
让它更整洁、亮丽
街头上、花伞下

行走的恋人更缠绵
山路上
披雨衣的母亲好温馨
把怀中的孩儿抱得好紧、好紧

啊,今天这场雨
降临得这么有韵味
诗情画意一般
把人世间的美丽
凸显得淋漓尽致

站在七仙一桥上

站在有点晃动的七仙一桥上
手扶链索,静静俯瞰
听着七仙河哗哗的流水声
不停地从桥下淌过
总是这样匆匆而来
又这样匆匆而去
就像岁月的车轮
把一个个昨天带去越来越远
但,又把一个个的明天带来

站在有点晃动的七仙一桥上
阵阵凉风不断吹来
我看到,河畔两边一棵棵树
枯萎的黄叶纷纷洒落
随着流水渐渐远去、消逝
哦,我又看到
阳光之下
树丫上的新叶更嫩、更绿
我抬头,眺望七仙岭的更高处
那是 片旷阔无比的蓝天

红毛丹熟了

像一团团摇曳的火焰
在神奇的七仙岭脚下
猛烈燃烧、闪烁
似一束束光鲜的花朵
在跳动的七仙河畔
尽情绽放、彰显
一颗颗、一串串挂满了枝头
迎来缕缕灿烂的阳光
映亮了黎村的好日子红红火火
染美了苗寨的秀山水青青绿绿

啊,红毛丹熟了
乐坏了憨厚的黎哥小伙子
背篓里装满了欢心、喜悦
甜透了纯朴的苗妹大姑娘
纤手采撷着幸福与甜蜜
红毛丹成熟了
充满希望的收获时节到了
美好的爱情是否也该来临了呢

保亭候鸟

从大海的彼岸
从遥远的北方
从长江、黄河两岸
从黄山、泰山之巅
飞来,纷纷飞来

飞来,纷纷飞来
飞来神奇的七仙岭
飞来七仙女下凡的地方
飞来原始的仙安石林
飞来山水清秀的槟榔谷
飞来风情的呀诺达

飞来,纷纷飞来
向着"国家卫生城市"
向着"国家园林城市"
向着"全国文明城市"
向着"中国民间文化艺术之乡"

啊,快乐的保亭候鸟
黎乡的山朝你招手

苗寨的水向你欢笑
醇香的山兰玉液酒
会让你迷醉而幸福
绒绒艳艳的红毛丹
更令你感到无比甜美
纵然你只栖居一冬
也会使你难忘终生

第四辑

爱的滋味

我愿

假如
喝一口甘甜的椰子水
能给你舒爽、惬意
我愿——
天天爬上椰树为你采摘
那鲜鲜嫩嫩的椰果
并为你削皮、劈壳
让你快乐地喝个够

假如
饮一杯六十度的二锅头
能给你驱逐与排解
内心的痛苦与忧伤
我愿——
和你在一起
饮上十杯八杯
并永不言醉

假如
你是一尾美丽的小鱼
喜欢嬉游、潜翱

我愿——
是一片深邃的海洋
让你自由进入

假如
你是一只欢乐的小鸟
爱在蓝天展翅飞翔
我愿——
变为翡翠、茂密的森林
让你歇栖、休息

假如
你是一匹英俊的白马
想在广袤的大地上奔跑
我愿——
成为绿草茵茵的大草原
任你跨越、驰骋

假如
你是一位勇敢的跋涉者
立志不断地追求探索
我愿——
化作一座巍峨的高山
让你在我伟岸的身躯上
孜孜不倦地肆意攀登

执着

能否追得上你
我不知道,真的不知道
既然选择了真爱
就不怕电闪雷吼
也无惧风狂雨骤

能否得到你
我不知道,真的不知道
既然选择了真爱
就应义无反顾地向前
为之冲锋、奋斗

前方的路
是平坦还是坎坷
我不知道,真的不知道
既然选择了真爱
只管不懈地求索
一切——
只为梦想而执着

你的眼睛

叫我怎么忘怀
你那晶莹、剔透的双眼
还有那迷人、多情的眼神
似一缕明媚的阳光
给我投来无限的遐想

你的眼睛
似一片深邃宽阔的海洋
让我心头汹涌、激荡
引我振翮、游翔

你的眼睛
又似浓浓的绿荫
给我一阵阵清爽的气息
让我感受着春的意境

你的眼睛
还似一泓汪汪的秋波
漾起我一圈圈、一团团
情的漪涟、爱的漩涡

啊，你那多彩的眼睛
有白色的惆怅
有黑色的忧郁
但流露更多的是——
金黄的流淌
火红的跳动

今夜，我失眠了

你知道吗
今夜，我失眠了
除了想你
别无所想
还是想你

想起在银色的月光下
你穿着粉红色的连衣裙
浑身散发淡淡的体香
倚靠着路旁那棵椰树
对我柔柔地窃窃私语

想起在村外的石板桥上
你拉着我的手
看着脚下的小溪
朗朗甜蜜地欢笑
伴着那潺潺的流水声

想起你开心时
那天真般的蹦跳
想起你委屈时

那伤心如雨的泪水
想起你——

此刻,不知你是否睡了
你栖身他乡可好
当你彻夜难眠时
是否还会想起我

遇见瑶池边

那一夜
在灯火阑珊的七仙岭
在流光溢彩的瑶池边
遇见了你
在这美丽的地方
遇见了美丽的你

此刻，令我惊讶不已
犹如看到仙女降凡于此
你那深邃的双眼
比瑶池中
晶莹的碧波还水灵
你飘逸的长发
像瑶池边
丰茂的水草般浓密
而你款款有型的芳体
又如栈道旁
亭亭玉立的槟榔树
婀娜多姿
你眨着美丽的眼睛
含情脉脉地说

我想,以后我们还会遇见
我木讷,傻傻地站立着
但很诚意又口吃地说
但愿、但愿如此……

其实不然
人生的诸多遇见
可能是今生的唯一
一次的美丽邂逅
也不会抒写出
地老天荒的传奇
但,能给终生留下美好记忆的
有时就在——
一刹那间

似梦似幻似山岚

结识你
是命运,还是天意
我不知道
真的不知道
每次、每次
当你闯入我的眼帘时
我竟感觉你——
似梦似幻似山岚

为何,你总是让我这样恍惚
朦朦胧胧、扑朔迷离
难道你的世界里
充满了恐怖、神秘
或者带有累累伤痕
还是藏着斑斑印迹

多想,来一场暴风骤雨
冲去你浑身的尘埃、污秽
看到赤裸裸的你
还想,云开雾散时
在狂热的太阳底下
看到一个
真实灿烂的你

相思

相思树下
你的眼光投向彼岸
因为,你的牵挂在远方

等你,在嬉水节

等你,在嬉水节
在喜庆、火爆的七月七
在如诗如画的保亭县城
在风情万种的七仙广场

不知能否等到你
竟幻觉
每一个黎姑苗妹
都和你一样相似——
楚楚动人的仙女

此刻,如果让我牵着你的手
我会激动不已
还会由衷赞叹
你的手真滑润
比我家乡的椰肉还白嫩

啊,在保亭,我多想
让你这乖巧的纤纤玉手
采 篓彤红的红毛丹
热情而真挚地向我呈赠

啊，在保亭，我多想
带上一串绿绿青青的槟榔
备好一坛浓浓甜甜的山兰酒
在你精巧的隆闺里敬捧上
望你带着羞意并笑纳

啊，七月七日到了
嬉水节到了
你翩翩走来了
从七仙岭的青山碧水间
从传奇的甘工鸟故乡
从凄美而浪漫的
爱情故事中，走来
款款走来

村外

夜幕，渐渐降临
月色，朦朦胧胧
把整个绿色村子罩住了
村外，一派安宁、幽静

白天，下了一场不大不小的雨
阵阵凉爽的风，还夹着湿气
路边，那排排伟岸的椰树
像个个喝醉的汉子
不断地晃动、摇曳着枝叶
而一旁那流动的小溪
像个快乐的少女
哗啦啦不停地唱着歌曲
只有那尊大石头
千万年来在那儿矗立
像是在等待、在期盼

小伙子如约到了
到了硕大的石头旁
大姑娘也来了
从委婉的溪流小桥上
款款向小伙子走去
一场纯真的乡村爱情
在夜幕下的村外演绎

写给妻子

你是我生命中一棵茂密的树
当我在旅途中感到困乏时
你给我送来一片浓浓绿荫
带来阵阵愉悦、清爽
让我鼓起向前的力量、勇气

你是我生命中的温泉
永远保持着沸腾、活力
源源不断地给我温暖、滋润
使我享受着情与爱的洗涤
沐浴在无比的快乐与甜蜜中

你是我生命中的码头
无论在外经受惊涛骇浪
还是收获累累,满载而归
我都是你的一只小船
会毫不犹豫驶向你的港湾

啊,妻子
我愿是一座坚强如磐的大山
永远守候在你身旁
顶天立地,高高矗起
为你遮风,为你挡雨

卖酸菜的少妇

市场里
有一位卖酸菜的少妇
她，个子不高
圆嘟嘟的脸
戴着红红的鸭舌帽
一对水汪汪的大眼睛

市场里
有一位卖酸菜的少妇
她的皮肤白嫩、白嫩
她卖的酸菜却金黄、金黄
她的微笑很甜、很甜
而她卖的酸菜很酸、很酸

市场里
有一位卖酸菜的少妇
她的声音似银铃般响亮
回荡在多彩的市场间
我想，她如果是歌唱家
唱歌一定快乐动听又迷人

藤树之恋

古藤把大树紧紧缠绕
像回家的游子把母亲久久搂抱
那是情与爱相互吸引
还是灵与肉的生死依靠

阳光下
树儿长得更茂
风雨中
藤儿缠得更牢
四季里
心连心
脸贴脸
深情相拥
融为一体
甜甜微笑

鸟儿也羡慕藤与树的恋情
在此筑上幸福之巢
守望着这缠绵之景
把恋曲向世间传奏

桦树林里

黄昏时分
雨落纷纷
桦树林里
迷迷茫茫

小伙子如约来了
披着雨衣
步履匆匆
大姑娘也依时到了
撑着红雨伞
行色妖娆

天空，曚曚昽昽
正酝酿着涌动
雨声，滴滴答答
掩盖不住呢呢喃喃

那棵高挺的白桦树下
正激情地演绎
一场真挚浪漫的
惊心动魄的爱情故事

小溪边

那一夜，你约我
来到了幽静的小溪边
你侧对着我
还是以往那站立的姿势

你抬头，望着满天繁星
此刻，是一阵可怕的寂静
你低头，看那流动的小溪
黑暗中，传来你一句话语
"我想，今夜就和你分手！"
说着，便转身匆匆而去

我木讷地默默站立
但一点都不感到惊异
只是轻轻地说句
"让我再送你回去！"
你头也不回
只抛下一句"不必、不必！"

顿时，我使劲抓起
小溪边一株无名野花

狠狠地揉搓、捏碎
向小溪扔去
夜幕里,碎花烂叶在溪水中
渐渐远去、消失

月光下的黎村

村子,渐渐模糊了
四周,被银色笼罩着
小屋里,似乎传来
老头儿微弱的咳嗽声
新房中,又听到清脆的
时而哭闹,时而欢笑的婴儿声

宽敞的厨房里,还亮着灯光
壮汉光膀赤身
独自坐在餐桌旁
守着一碗鱼茶①半碟花生米
还有一坛自酿的山兰米酒
津津有味地豪饮着

"死鬼,就跟酒做伴去吧,
都半夜了,还在喝!"
卧房里,妻子如雷地吆喝着
"臭娘们,总是这样急性子!"

---

① 鱼茶:海南黎族的一道传统美食。

壮汉咧咧地骂着
便撞撞跌跌、摇摇晃晃
快步向卧室走去
"死鬼、死鬼……
你好坏，恨死你了！"
卧房窗口，隐约传出
婆娘呢呢喃喃的嗔骂声
和咿咿呀呀的床摇声
少顷，便听到男人酣畅的呼噜
于是，黎村趋向了一片宁静

此刻，弯弯的村道上
年轻帅哥驾着摩托车
并带着美女大姑娘
朝着村外那一片
葱密的槟榔园奔去
融融月光下的黎村
又将演绎一出
朦胧的爱情故事

山寮

那间置身在野外的山寮
那间像船一样的茅草屋
在离村寨很远的山坡上
在潺潺流水的小溪边
在那片翠绿的槟榔园中

思念
是从那个冬天开始的
忘不了纯真的黎家姑娘
敬捧于我的那碗山兰酒
温暖了寒风飕飕中的我
火热了我怦然跳动的心窝

真想时光倒流
再回到那寒冷的冬天
徒步走上那条小路
向着那斜斜的山坡
顺着清澈的小溪
寻觅那绿绿的槟榔园
探访那间给我温暖的山寮

爱的滋味

默默地与你
行走在僻静的村外
曲折坎坷的路边
开满了鲜艳的野花

你扯了扯我
用手语示意
让我去摘一朵
并赠送给你

我立刻采撷并奉上
你又在暗示
把花插在头上
我再次顺从了你
还用手机拍了
你戴花的倩影
并由衷说了一句
哇，好漂亮

你含情脉脉
双眸注视着我问

是路边的野花
我赶紧接着说
不,我说的是你
你迅速展开温柔的双臂
情不自禁把我抱住
耳边传来喃喃细语
我就爱听你说这话
还在我脸颊上
疯狂亲吻
说这是对我的奖励

此刻,寂静的村外
阳光柔和明媚
一股山风徐徐吹来
路边的朵朵野花
随风摇曳、舞动
沁心的山野气息
在飘荡、弥漫

第二部分

散文

秋风，伴我走访毛天村

迎着暖暖的阳光，伴着清爽的秋风，我们来到毛天村。

行走在蜿蜒的村道上，花草葱茏，椰树伟岸，一幢幢崭新的洋楼如春笋拔地而起，青砖绿瓦彰显着毛天人的惬意与富足。

昔日的船形茅草屋已成为历史，成为乡愁。

什玲鸡自由奔跑，尽情追逐着美好时光。几只小狗跑前跑后好像对我们说："主人都在田间或山上忙活，种苗、摘果、收获，你们到村里来干什么？"

宽敞的篮球场在默默诉说着美好生活。我仿佛看到融融月光里，明亮的灯火下，球场上演绎着一场又一场浪漫的生活剧。"三月三"的痴情，"七月七"的缠绵，在轻歌曼舞中发挥得淋漓尽致。

山坡上，槟榔树结满硕果，黎家阿哥繁忙，举着长长的镰刀收割圆圆的槟榔。丰收的果实装满一袋袋，小伙子像喝了蜜糖似的，心头满是甜蜜和欢乐。

黎家媳妇在编织斑斓的黎锦，图腾在劳作中渐渐形成，这是美丽的黎家少妇用她们的纤纤巧手编织美丽的梦。

金色的风轻轻吹拂，村中的几棵老树依然枝繁叶茂，它们见证了毛天村的沧桑与兴旺。

村外，稻田金黄一片，收割机正忙着收获。通往村外的水泥路上，几辆小车疾驶，越走越快，越走越远。

我抬头仰望，天空辽阔蔚蓝，一群小鸟正从毛天村的上空飞过，它们的翱翔多么自由。

我闻到了山兰酒的甜香……

白沙，荡漾着绿茶芳香的神奇沃土

在海南岛中西部，黎母山山脉中段西北麓，海南省第二高峰鹦哥岭脚下，有一片广袤而神奇的土地——白沙黎族自治县。这是海南母亲河——南渡江的发源地，境内高山巍峨绵延，热带雨林密布，素有"海南三江源头""生态核心区""水源保护区"的美称。这里盛产的白沙绿茶，闻名遐迩。

白沙绿茶，产自白沙黎族自治县境内的白沙农场，是中国国家地理标志产品，获得省、国家多项殊荣美誉，白沙绿茶品质优良，外形条索紧接、匀整、色泽绿润有光，香气清高持久，汤色黄绿明亮，滋味浓厚甘醇清爽，饮后回甘留芳。

海南茶事有近千年历史，经考证，海南野生大叶种茶是从茶的起源中心四川金佛山野生大叶茶逐渐演变而来，主要分布于五指山山区，因长期生长在云雾缭绕的山中，耐冲泡，条索粗壮，香气持久，汤色透剔、黄绿明亮，滋味浓醇鲜爽，具有药疗保健功效。

白沙绿茶，源远流长。史料中有黎族同胞采摘五指山山脉的野生大叶茶治病的记载，明正德六年（1511年），《琼台志》中就有海南早期茶事的记载，白沙境内的先民，有种茶的生产方式，饮茶成为黎族人民的日常生活习俗之一。

白沙绿茶的来历，有这样的民间传说。

黎族同胞勤劳、朴实、勇敢，自古有下水捕鱼，上山围猎的习俗。

一天，村寨里的长老，带领村里一群身强力壮的小伙子和猎狗上山围猎，小伙子们佩带猎枪、弓箭，还带着用竹筒装着的山泉水，上山了。

　　围猎是一项很艰辛的劳动,不知追过多少山冈,也不知跨过多少涧溪,越往山上奔跑,越是艰苦和劳累,于是,长老便招呼小伙子们歇息片刻,此时,长老和众小伙携带的竹筒里的水,都已经喝光,个个感到饥渴难忍,口干舌燥又非常疲惫,长老环顾了一下四周,只见岩石旁,一棵小树长得非常葱茏、茂密,长老便信手采撷了几片稚嫩的叶芯,放在嘴里咀嚼,一会儿,干渴全消,众小伙子也效仿,纷纷摘撷这棵树上的叶芯咀嚼,顷刻间,消除了疲惫,个个精神抖擞。

　　一名叫亚强的小伙子将其树叶采摘回去,经过烘焙、揉搓、烤干等加工后,储存放置起来,以备平时之用。在饮用过程中,他发现,经过加工的树叶,用滚热开水冲泡后饮用,清醇爽口,并且有药用价值,能消除腹胀,清肝润肺明目,清热降火解毒。

　　不久,黎族小伙子亚强上山打猎时,不幸染病毒。回家后,便感到口干舌燥,四肢乏力,亚强的妻子叶枝见状,焦急地上山寻找草药,妻子叶枝从一簇长势葱绿的小树上采回了些嫩叶,煮水后给丈夫亚强喝,亚强服后,身体迅速恢复,强壮如初。原来叶枝上山采集回来的树叶,正是亚强上回打猎时采摘的树叶,从此,当地黎族同胞便把这种嫩叶当成了"奇方妙叶"。后来,黎族人民把这种树当作"神树"来保护,并把这树移植于山寨附近与周边,这"神树"后来变成了制作白沙绿茶的茶树。

　　……

　　唐代诗人刘禹锡在他的《陋室铭》一文中写道:"山不在高,有仙则名。水不在深,有龙则灵。"

　　白沙黎族自治县,因优质绿茶名声在外,但鲜为人知的是,造就了白沙绿茶这般独特滋味的不仅是云雾、阳光、空气与流水,更是茶树根植的那片沃土,它富于神奇与奥秘……

　　70万年前,尚无人类活动与居住的海南岛,一派苍苍茫茫,浩瀚无边,被一个直径为380米的"天外来客"小行星"瞄准",它以每秒几十千米的速度撞击而来,将大地轰出了直径3.7千米的一个大坑——白沙陨石坑。这么大的一块陨石,剧烈撞击地球所产生的爆炸能量，相当于360颗投放在日本广岛的原子弹。白沙陨石坑属于我国发现的首例富钙无球粒陨石，是目前我国能认定的唯一较年轻的陨石坑，也是全世界仅有的13个伴有陨石碎块的陨石坑之一。

70万年来，南渡江上游水流不断，将环形山冲出一个豁口，塑造了如今绿茶种植园的独特地形，70万年的时间里，风化、水流侵蚀和动植物活动稍许改变了陨石坑的样貌，但并没毁灭掉那次"亲密接触"的印迹，经科学鉴定，白沙陨石坑的陨石残骸，"年龄"已达44.3亿岁，几乎与地球同龄。这里共有两处世界级地质遗迹，五处国家级地质遗迹，五处省级地质遗迹。

与之相应的是，在海南大地上，很多地方散落着一些被民间称为"雷公墨"的石头，80万年来，这些黑色的石头，静静地躺在琼州大地，它们的身世，还是个谜。从白沙陨石坑发现的陨石碎片证明，这个"庞然大物"并没有在撞击爆炸和燃烧中气化，或许它依然沉睡在地底。

深山到底隐藏了什么秘密，陨石坑难道仅是冰山一角？在白沙陨石坑内，一些神秘现象，至今还是个谜，未能被破解。

据悉，当年科学家们在陨石坑做科学考察时，发现手表被磁化，摄像机在此不能正常使用，待离开便恢复正常，因此，科学家推测，溅射覆盖层内应存在强磁性体，但到底是什么物质？

白沙陨石坑形成的时间推算为70万年，恰好与地球磁场的大倒转发生的时间相吻合，是陨石撞击地球造成地球磁场倒转，还是地球磁场倒转导致小行星陨落？

陨石坑中冲击角砾岩石的矿物质相当丰富，简直令人难以置信，一块数平方厘米的样品中，检测出48种矿物质，茶园区域土壤总计测出矿物质达50多种，有的矿物尚属自然界罕见，令科学家们感到惊讶。

白沙绿茶，就生产于陨石坑范围内的丘陵坡地，这里种出的茶叶才是真正的白沙绿茶，陨石坑内的白沙绿茶品质优、色泽亮、口感好，坑外种出的茶无法与之相比。举目四望，白沙陨石坑内，低缓的山坡上，茶树密布，郁郁葱葱，排列成行，一年四季，绿意盎然。还有，陨石坑这个地方种植的水果，同样的品种，比别处的好，特别的甜。是什么使这些物产比同类的优良，至今为止，还没有一个确实的说法，但可以肯定的是，与脚下的这片土地息息相关。

白沙，一处荡漾着绿茶芳香的神奇沃土……

保城，风情浪漫的红色之城

保城，保亭黎族苗族自治县的县城，小巧玲珑，婀娜多姿，坐落在海南中南部神奇美丽的七仙岭脚下。城区不大，方圆不过两平方公里，街道和商铺沿着缓缓流动的七仙河两岸而构筑，错落有致，独具风格。这里是黎苗同胞的聚居地，是一座充满了风情与浪漫的英雄小城。

保城的建筑，弥漫着浓厚的黎苗元素。黎苗同胞的先祖们，没有给他们留下什么文字记载，靠的都是图腾记录。在保城，不论是在船形屋建设的车站、廊桥，还是七仙河畔的护栏，或者是河岸两边的商铺，精巧的民居，无处不浸透和洋溢着黎苗的风韵。整个城镇依着七仙河两旁伸展，城里的每一条街道都不是很宽，但建得十分精巧、紧凑。街道上连绵不断的小店墙面上，甚至是在顺着地势而建的挡土墙上，也雕刻着富有保亭黎苗特色的象形图案。

保城的美食，倍受外来客人青睐。在保城，你可以尽情地享受海南四大名菜：文昌鸡、嘉积鸭、东山羊、和乐蟹。琼南民族风味小吃，如五指山小黄牛肉、五脚猪肉、黄流老鸭汤、三亚海鲜，更是满街飘香。具有海南乡野风味的小吃，如陵水酸粉、抱罗粉、灵山粉、后安粉，也随处可见。就连外省的川菜、湘菜、新疆羊肉串、杭州小笼包、天津狗不理包子、福建沙县小吃、广西桂林米粉，也布满街头，各显风味，食客盈门。

散落在县城周边黎苗村寨内的近百家农家乐（保亭人称之为农乐乐）是让外来食客陶醉的地方。在这里，自家放养的山寮鸡，山上采挖的山野菜，河沟里捕捞的鱼蟹虾，可都是城人平日里难得吃上一回的地地道道的乡村野味。

保亭的黎家山兰酒，闻名遐迩。假如你来保亭旅游，有机会在黎村苗寨做客，平时滴酒不沾的人，也会喝上半斤八两。在保亭的乡下，只要是家里来了客人和朋友，酒可是不可或缺的待客之物。宴席上，你一定会领略到保亭人浓浓的本土酒文化：首先是家里长者向远道而来的客人敬酒三杯，接着是家人依次向客人奉敬，就连少妇和未出嫁的姑娘，也会轮番给你敬上三杯五杯。那火热的盛情，直让你无法拒绝，令你陶醉。

当然，在保亭，不仅美酒佳肴诱人，游玩的地方同样会令你心醉、流连忘返。保城北面约7公里处的集阳光、气候、森林、温泉、动植物、风情和田园于一身的七仙岭国家森林温泉公园，可是游人到保亭游玩首选的好去处。七仙岭峰险崖峻，奇石俏立，古木参天，花草繁丽，鸟啼声声，流水淙淙，径曲林幽，冬暖夏凉，游人置身其中，宛若梦临神仙胜境，恰似坠入清水恒河，满身的烦恼和劳尘，悉数洗净。游山毕，意犹未尽，在山脚下任选一处温泉，投入其中泡浴，天地人融为一体，你会顿觉疲累全消，达到飘逸潇洒的美妙人生境界。

喔，保亭好玩的地方还很多、很多：风情的槟榔谷、神奇的"呀诺达"热带雨林风景区、壮观的仙安石林……

每年的七月七嬉水节，是个令世人瞩目，让痴情者期待的保亭乡土狂欢节、情人节。这一天，整个保城成了欢乐的海洋，全县各民族兄弟姐妹和外来游客纷至沓来，尽展风采；狂欢的人们对歌、跳舞、嬉水，放飞心情，如痴如醉；多少追求爱情和浪漫的少男少女和有情人在这里找到了人生的知音、真爱……

保亭还是一片红色光荣的土地，有着光荣的革命斗争历史。早在第二次国内革命战争时期，保亭各地的黎、苗族同胞就投身于中国共产党领导的革命活动，1926年，党组织派员到六弓大九村以办学为名，进行革命活动，1927年年底，在六弓大九村组建大九军团，同年，地下工作者等一批革命志士分别到保亭各地开展革命活动，组建农军团建立革命根据地，组织农会，发展农军队伍。1942年5月，中共琼崖特委派遣特派员到保亭地区指导抗日工作，并组建党组织，同年 7 月在保城龙则村，召开党员会议，传达琼崖特委指示精神，成立了中共保亭第一个党支部。从此，一大批黎、苗青年走进了革命队伍，参加了琼崖纵队，浴血奋战琼岛各地，为海南的解放事业，立下汗马功劳和不朽功勋。

陈理文就是一位从保亭走出去，成长起来的战斗英雄。他出生在贫苦的农民家庭，二叔、三叔都是共产党员，地下工作者，他从小受到革命思想的熏陶，12 岁那年，他不堪忍受日军虐待，在一个漆黑的夜晚，用石头砸晕看门的日军，与堂兄一道投奔了共产党领导的琼崖抗日纵队。在抗日战争、解放战争中，他先后参加 100 多次大小战斗，屡立战功，1950 年 5 月，获得"海南特等功臣"的光荣称号，并出席在北京召开的"全国战斗英雄"庆功大会，他是海南唯一获得"全国战斗英雄"殊荣的战士。为了让人们牢记他的丰功伟绩，保亭县政府在县城保城，将一条街道命名为"理文巷"。

啊，保城！好一座风情之城，浪漫的红色之城！

车过万泉河

每次，无论是从琼北向琼南行走，或是从琼南向琼北踏上返乡之路，车子一路在东线高速飞奔，不久，便驶进琼海这片红色的广袤大地，远远地便看到一排排、一幢幢拔地而起的高楼，哦，那便是琼海市府嘉积镇，当车子驶在气势雄伟的万泉河大桥，从车窗俯瞰桥下滚滚流动的万泉河，心，总会感到无比的颤抖与激动，又见到你了，万泉河，你总是给人以亲切、感怀、激悦，总会让人心潮澎湃，久久难以平静。

车过万泉河，万泉河旖旎的风光，浓郁的水乡气息，历历在目，迷人的景色目不暇接，这里集椰风、海韵、蓝天、白云、阳光、沙滩、碧水、温泉融为一体，呈现着梦境般的奇幻美景。

万泉河，海南第三大河，发源于五指山与黎母山之间两源会口处，曲曲折折，弯弯绕绕，蜿蜒而下，流入琼海。这是一条美丽而富有的河流，滋润和哺育着琼海肥沃丰腴的大地，清碧的河水，美丽的河岸，构成了一幅幅如诗如画的风情美景。上游群山起伏，乔木参天，林水相叠，景色迷人，下游河面开阔，水流舒缓，椰姿帆影，槟榔飘香。这是一条生态之河、绿色之河，落差各异的激流险滩，鬼斧神工。形状绝妙的奇异岩石，有银河般飞溅奔泻的瀑布景观，有槟榔、椰树、翠竹掩映中的村落农舍，河中晶莹剔透的水流间，鱼欢虾跳，野鸭游弋，河畔红棉、石柳以及各种花朵，红的、白的、黄的竞相怒放，花间树丛，彩蝶群群飞舞，燕子飞翔穿梭声声呢喃，山鸟啾啾叫鸣，还有古朴善良、勤劳的苗寨居民，组成了一幅美妙的山野图画，使人疑是走进了桃花源，仿佛置身在如梦如幻的仙境。

车过万泉河，总是让人敬仰万千，这是一片红色的土地，这是一片英雄的土地。不管是电影《红色娘子军》，还是舞剧、京剧《红色娘子军》，故事都是源自万泉河两岸这片大地。

第二次国内革命战争时期，在万泉河畔，在琼海大地，诞生了"中国工农红军第二独立师女子军特务连"，就是电影等文艺作品中的"红色娘子军"。

娘子军连1931年5月1日创建于乐会县（今琼海市）第四革命根据地，在中共琼崖特委领导下，她们出生入死，出色地完成保卫领导机关、宣传发动群众、配合主力部队作战，伏击沙帽岭、火攻文市炮楼、拔除阳江据点、马鞍岭阻击战……一次次，一回回，枪林弹雨、硝烟弥漫、战火燃烧之中，都尽显着娘子军们的飒爽英姿，不怕牺牲、无惧顽敌、英勇善战的矫健身影，为琼崖革命，立下了不朽的功勋，为妇女解放运动，写下了可歌可泣的业绩，是琼海女性的光荣与自豪，也是海南、中国，乃至全人类女性的光荣与典范。

她们的传奇，她们的故事，就像滔滔流动的万泉河水，永远讲不完，说不尽，为了永远纪念和记住，这些为海南解放事业，做出巨大贡献的娘子军的事迹，在琼海嘉积镇市中心，建造了一座雕像——年轻的女战士，脚穿草鞋，肩负斗笠，风尘仆仆，当人们看到这些英姿飒爽的形象时，娘子军们的战斗场景，就会像电影一样，在我们的脑海里浮现……

当然，在万泉河两岸的琼海大地，也不乏强硬汉子，共和国精英，原农业部部长何英，红军长征将领，1952年被授予上将军衔的周士第，也是琼海这片红土地上涌现出的风云人物。

车过万泉河，总让人不由自主地眺望，万泉河出水口，三江汇流，三岛相望，气势磅礴之处，2001年，亚洲永久性会址——博鳌亚洲论坛，在此落户。

这是由25个亚洲国家和澳大利亚发起，为非官方、非营利性、定期的国际组织，为政府、企业及专家学者提供一个共商经济、社会、环境及其他相关问题的高层对话平台。每年的四月间，亚洲的声音在万泉河上空激昂回荡，亚洲雄风在万泉河两岸劲吹。就像

《我爱五指山，我爱万泉河》中的这句歌词，借助博鳌亚洲论坛，万泉河走向了世界。

车过万泉河，这是一片令人流连忘返、充满诱惑的地方，总是让人垂涎那道海南四大名菜之一的美味佳肴——嘉积鸭。

坐在一旁的一位琼海籍旅客王先生对我说："嘉积鸭，也称番鸭，原产于英国。据说是光绪年间，嘉积镇华侨从南洋引进，逐渐演变为现在的嘉积鸭。嘉积鸭与其他品种的鸭不同，鼻顶有鲜红冠肉，背部羽毛黑白间杂，腹部为纯白色，足短体大，行走缓慢，叫声沙哑。

"由于环境条件和水土因素，以及喂养方法上的独特讲究，嘉积地区饲养的番鸭，脯大、皮薄、骨软、肉嫩、脂肪少，食之肥而不腻。烹饪和制作也有着系列技艺，白斩、板鸭、烤鸭是最常见的做法，其中，最受喜爱的是白斩，用生姜、蒜头、香菜、酸吉、芝麻油等制作而成的佐料配吃，更能体现出原汁原味的品质，因此最受吃客青睐而久负盛名，最为著名。"

"当然，琼海好吃的美食不仅只有嘉积鸭。"王先生自豪地说："还有温泉鹅、万泉鲤、塔洋粑沙、鸡屎藤粑、箕粽、琼海椰子船……"

每次，车过万泉河，心中不禁又升腾起那首歌："万泉河水清又清……"

初探毛拉洞

　　初冬时节,我有幸参加了保亭文学协会组织的采风活动,地点是距县城五十公里的一个鲜为人知,非常原始、古朴的景点——毛拉洞。

　　八点三十分,十三名采风队员乘着车子,朝西南方向,缓缓开出县城后,便迅速在野外公路上飞奔。此次采风的人员,除了一名带路的司机,所有队员都是第一次到此景点,因此,一路上大家心情都显得格外的激动。车子经过响水镇后,继续向前开进,又到了该县的新政镇,在新政镇公路一隅,车子拐上了一旁开往乡下的水泥路,至此,车子便淹没在了茂密的森林和大山的怀抱里了。

　　山路蜿蜒起伏,路两旁,不时出现一片片茂密的荔枝园、槟榔园、波罗蜜园和香蕉园。车子继续沿着长长又弯弯的山梁逶迤前进,一幕幕展现在我们眼帘的景色非常壮观、惊奇,往高处看,是群峰叠峦,青山绿海,风光无限,低头往下望,沟谷溪涧,流水潺潺,惊心动魄,眺望远处,起伏的群山,在云飞雾飘深处,若隐若现,凸显出山的奇特、峻秀,令人心旷神怡。车子时而在 U 型的山腰中行驶,时而又在 S 型的山脚下盘转,不知穿过多少个黎村苗寨,也不知越过多少小桥流水,峰回路转,山外青山,正当我们来到了两脉群山之间的峡谷中,疑是无路可走的时候,忽然,车子沿着山谷一拐,顿时,我们眼前一亮,在两处群山的峡谷间,矗立着一座巍峨、高大、气势恢宏的大坝,它像一条巨龙一样,横卧在群山间,把叠峦的群山连在一起了。车子向大坝上的通道开去,原来,我们采风的毛拉洞到了!

其实,毛拉洞不是洞,是个水库的名称。

车子在水库边一片开阔地停下,我们全体采风队员,禁不住内心的激动与兴奋,欢呼雀跃地奔上大坝。

"毛拉洞,我们来了!"活泼好动的姑娘黄丽娟,向着山谷高喊着。

我们尽情地在坝顶游走、观赏,只见大坝上游,是群山怀抱着的一泓波澜壮阔的碧水清泉,虽是站在高高的堤坝上,但水深处游翔的鱼儿,我们都能清晰地看到。再转身俯瞰下游,百丈峻险、惊奇的峡谷尽显眼前,越往下看,越使人感到眼花缭乱,心头顿感无限的敬畏,可想而知,当年建造这水库时,是多么的艰巨和惊险。据有关人士说:"保亭县城的用水都来自该水库。"这时,从山上的森林深处,传来一阵阵银铃般悦耳的鸟儿的欢叫声。

"咔嚓、咔嚓""快,把这美好的时刻留住!""茄子、茄子,笑一笑……"三部照相机,从不同的角度抓拍、抢拍,不停地忙碌着。

"走,登上山去!"看到峻峭的群山,县文联主席黄培祯说。

"耶,我们登山去!"众队员齐声欢呼。

然而,登山并非像脱口而出那么轻而易举,因为根本没有上山的路。"山上本来就没有路的嘛!我们登上去不就有路了吗?"来自五指山市的琼州大学教授、诗人李景新诙谐、幽默地说。

"对,我们一定要登上去!"大家信心十足。

接着,大家你拉着我,我推着你,一步一步地往上攀登。越往上走,越是陡峭,安全起见,我们不再向高处登,而是顺着山势,向另一侧往下走去,来到一小块低得稍微平坦的空阔地,大家便停下来歇息。文学协会会长魏有恒看着眼前透亮的水,弯下腰来,双手捧着水,尽情地洗着脸,很惬意地说:"好清爽的水呀!"不少队员也兴奋地蹲下,戏起水来,有的拾起脚下的小石块,向水中投去,顿时,平静的水面荡起了一圈圈的涟漪……

中午十二点三十分,我们选择了坝头长着野玫瑰、野杜鹃、野菊花的山谷旁的一片平坦的草坪,作为我们午餐的据点。

于是,大伙便各自忙开了,会员陈道飞找来了几块人头大的石头,很快就"建造"好了两具炉灶,各个队员也纷纷抱回来干柴木枝，篝火点燃了。

为了这次采风活动，文学协会做了充足的准备，青年诗人郑朝能负责烧烤工作，牛肉、鸡翅膀、福寿鱼等各种好吃的食物，被烤得滋滋喷香。经过半个小时的劳作，我们所带的食物都煮熟、烤好了。

"干！"大伙每人一手拿烤肉，一手拿灌装啤酒，兴奋地呼喊着，温情浪漫的欢笑声，在这幽静的山谷，在这恢宏的毛拉洞水库，久久回荡着……

下午两点三十分，在暖暖的阳光的照耀下，我们挥手向群山告别："再见，毛拉洞！"

车子驶出山的世界，奔上归途……

从椰乡走出去的共和国大将

——瞻仰张云逸纪念馆

车子一路风尘仆仆,来到了椰乡,来到了文昌,来到了文城镇文建路51号,来到了我们心目中敬慕已久的共和国大将张云逸纪念馆。只见,一座恢宏的大门前花团锦簇,环境幽雅、静美,正门上方镌刻的由聂荣臻元帅题写的"张云逸纪念馆"六个金色大字耀眼夺目。

跨进大门,我们移步前行,只见眼前矗立着的5米高的将军全身铜像,正抬头仰望,铜像栩栩如生地塑造了张云逸将军的戎马英姿。铜像基座"张云逸大将"五个刚劲大字为彭真委员长的手迹。铜像后面是苍翠的松柏,左右两侧设有三座凉亭,凉亭间是一个造型雅观的金鱼池,一座别致精美的小桥跨越期间,我们在小桥上穿行,俯视池中,只见朵朵荷花绽放,鱼儿欢游吐珠,为纪念馆营造了雅致的氛围。

越过小桥,我们来到了一幢两层玻璃瓦装饰的小楼,只见楼门上题有"张云逸大将生平陈列室"几个字,这是开国上将叶飞的手迹。在陈列室右侧,是国家领导人和开国将领薄一波、张劲夫、彭冲、洪学智、杨成武、杨得志、张爱萍、萧克、莫文骅等的题字石刻,陈列室左侧为接待室。

走进陈列室,在一楼和二楼的展厅里,陈列着张云逸大将所经历的百色起义、抗日战争、南征北战、转战华东、主政广西等事件的书稿、相片和实物,看着这些实物,仿佛看到了将军叱咤风云、纵马横刀、出生入死的战斗的一生。

1929年7月，张云逸被中共中央派往南宁，在广西做兵运工作，任广西军官教导总队副总队长、警备第十六队大队长、南宁警备司令。他着力对所辖部队进行改造，发展党员，为举行百色起义奠定了思想和组织基础。同年12月11日，他与邓小平领导了百色起义，创建了中国工农红军第七军并任军长，还建立了右江革命根据地。

　　同时，我们还看到，张云逸大将在近代中国充满屈辱、苦难和战争的艰苦岁里，为了国家独立和富强，和其他老一辈无产阶级革命家一道，与国内外阶级敌人进行艰苦卓绝的斗争，直到革命胜利。

　　从陈列馆的资料中，我们看到了张云逸大将坚定的共产主义信念和大无畏的革命精神，看到了他艰苦朴素、吃苦耐劳、爱国家、爱人民的高贵品质和革命情操。他是中国共产党的优秀党员、杰出的无产阶级革命家、军事家、中华人民共和国的大将。

　　张云逸，1892年8月10日出生于海南省文昌市文城镇上僚下村的一个贫苦农民家庭。他的一生，是革命的一生，光辉的一生，是中华民族的光荣和海南人民的骄傲。1991年他被中央军委确定为中国人民解放军33名军事家之一。

　　在新四军时期和张云逸搭档的陈毅元帅曾这样评价张云逸："云逸是一个好主角，也是个好配角。当主角时能集思广益，从善如流，当配角时则主动配合，精诚合作。"

　　毛泽东曾说过：共产党能对国民党将领说话的人不多，张云逸是其一。毛泽东说张云逸老成持重，威望颇高。

　　参观完毕，我们恋恋不舍地走出纪念馆，抬头远望，辽阔的天空一片蔚蓝，一群飞鸟在自由飞翔，广袤的文昌大地上，葱茏碧绿，一排排伟岸、高大的椰树迎风招展，我们不禁肃然起敬，张云逸，一位农民的儿子，从椰乡、从文昌、从海南走出去的共和国将军，我们为你自豪，为你骄傲！

读书让我走进多彩的人生世界

　　读书，是一件很苦的差事，多少人为之放弃，多少人半途而废。
　　然而，读书又是一件幸福之事，快乐之事，享受之事。读一本好书，犹如饮一瓶醇香的老酒，其中滋味，越浓越烈，便越品越香。读书还能使人在困难和逆境中，树立信心，看到光明，看到前景。总之，读书可以陶冶人的心灵，可以从书中得到教益。书，它像你行走在人生征途上的一盏照亮前进道路的明灯，指引着你大胆的朝着正确的方向和目标，不断探索、追求，让你走进丰富多彩的绚丽世界。在此，还是让我用粗壮的手和笨拙的笔，描述一段自己人生履历中与书结缘的旧事吧！
　　十年前，我生活、工作在琼北一个远离都市的农场。
　　记得那是2005年稻谷金黄、瓜果成熟的秋天收获的季节，那天上午，我刚回到住处，便接到从单位办公室打来的电话，让全体职工下午到办公室开会。于是，我便准时到了单位办公室，然而，得到的是怎么也不能令人相信和接受的消息，由于改革的需要，体制改变，我所在的单位划入当地政府管理，所有的职工一律下岗。这突如其来的消息，像当头一棒，一下子把我们都打蒙了，就这样，没有任何安置，没有任何待遇，岗位没了，工作没了，工资没了。以后的日子怎么过，下一步怎么办，脚下的路在何方？我迷茫，我困惑，彻夜辗转，无法入睡，我失眠了！
　　在残酷无情的现实面前，为了生活，我别无选择，义无反顾地加入到了打零工的行列。当告别昔日熟悉的环境，熟悉的家园，告别亲爱的家人、亲友，和一起共事过的同事，离开故乡时，我心中总会升腾起一股股惆怅与感慨。可是，就在我常常感到失落与伤感之际，我找到了心灵的寄托——读书。

在离开家乡的日子，在繁重的劳动工地，在露宿荒郊野岭无电的茅棚屋里，时刻都有书陪伴着我，我如饥似渴地读着、读着……书，给了我无穷的力量，书，给了我坚定的信心。我从书中得到知识，从书中得到启发，又从读书中得到灵感，激起了我的冲动与欲望，于是，我拿起笔来，把自己的思想感悟，身边的奇特有趣之事，助人为乐的高尚行为，拾金不昧的优良品质，统统写下来，抱着试试看的探索心理，不断地把自己写下的文章，陆陆续续投向杂志、报刊。开始，犹如石沉大海，杳无音信。可是，我并不气馁、不灰心，而是更加刻苦，孜孜不倦地看书、学习。以书为师，以书为友，不断从书本中学习，不断地充实与丰富自己的知识和见解。功夫不负有心人，我写的文章终于发表了！当第一次收到编辑邮寄来的5元稿酬单，我兴奋得一夜未睡觉。于是，我便一发不可收拾，写电影评论、新闻报道、诗歌、散文、小说等体裁的文章，纷纷在当时的《海南日报》《海口晚报》《椰城》《海南农垦报》《特区农垦企业》《文昌文艺》《椰林湾》《琼山文艺》等省内杂志报纸发声。外省的《江门文艺》《珠江》《广东农垦》等也有文章刊用。

2006年12月底，经同学与老乡的推荐与介绍，我抱着试试看的心情，离开家乡琼北，来到了保亭，来到了七仙岭脚下的新星农场寻找工作。

当时的情景，我记忆犹新，农场负责人问我："你有什么专业特长呀？"完了，领导一问这个，我就有一种感觉，没有戏了，我深知，我没有上过大学，没有文凭，更谈不上有什么专业了。出于礼节，我还是如实地回答领导："领导，我没有上过大学，没有文凭，也没学过什么专业。但是，我喜欢看书，爱好写作！"说着，我顺便从袋里拿出早已备好的，我参加各类征文比赛的一本本获奖荣誉证书，还有在各地报刊上发表的一些文章样稿的复印件。领导接过我拿出来的这些东西，打开仔细地阅看着。少顷，才对我说："好，这些荣誉证书你先拿好，文章复印件留下吧！我们开党委会讨论再决定，你先回去，等待通知！"我想，这肯定是安慰和客套的话了，就这样，我第一次匆匆地来保亭，又非常失望地匆匆地离开保亭，回到了家乡。

2007年初春,我正在荔枝果园工地参加施肥劳动,突然,腰间的手机响起,一接听,是一个令我不敢相信且兴奋的消息,那是农场给我打来的通知电话:经农场党委讨论,同意招聘我到农场宣传科工作,试用一年。就这样,我拎着简单的行囊,风尘仆仆地又来到了保亭,来到了农场。

我非常珍惜这来之不易的机会,是读书改变了我的命运,让我重新走上了工作岗位,于是,我更加努力地读书与工作,并积极地融入和参加保亭县举办的系列读书与文化活动。2009年,第一次参加海南"诗歌岛"诗歌征文比赛,我的诗作《保城河,在流淌》《腾飞吧,保亭》获得保亭赛区优秀奖。2013年参加县文联举办的"微笑保亭、和谐保亭"征文比赛,我写的《让微笑,充满和谐美好人间》获得优秀奖。2014年,参加保亭县纪委、保亭县监察局、保亭县妇联联合开展的"廉政故事"征集活动,我创作的《特别的喜帖》《五只什玲鸡》《女儿的电话》获奖并入选《廉政故事自己说》一书。

保亭图书馆是我最喜欢读书的一个好场所。这座雄立在七仙岭脚下,保城河畔巍峨、高大的图书馆,是我取之不尽、用之不竭的知识宝库,在这里,我如鱼得水地投入其中,我的知识和思想,不断地得到提高和升华。我非常感激的是保亭图书馆,它为全县各族人民和读者,提供了丰富多彩的精神食粮。同时,我也积极参与和响应保亭文体局图书馆开展的"美丽阅读"征文活动,在2013年的征文比赛中,我的征文《漫谈读书》获得了优秀奖,2014年,我写的散文《美哉,保亭图书馆》获得了一等奖。如今,我与保亭图书馆结下了深深的不解之缘,每次有读书活动和征文比赛,我都会毫不犹豫地参与,并且受益匪浅。

读书使我获得了丰富的思想内涵,使头脑里不断增加深厚的知识底蕴。感谢读书,感谢知识,是读书与知识改变了我的人生命运,使我从一个下岗职工,华丽转身变为一个普通的干部。"书山有路勤为径,学海无涯苦作舟",我已把读书的苦,变成了我人生的最大快乐和最高追求,今生今世,永不放弃。因为,读书让我走进了多彩的人生世界。

读习近平词《念奴娇·追思焦裕禄》有感

中夜,读《人民呼唤焦裕禄》一文,是时霁月如银,文思萦系……

魂飞万里,盼归来,此水此山此地。百姓谁不爱好官?把泪焦桐成雨。① 生也沙丘,死也沙丘,父老生死系。② 暮雪朝霜,毋改英雄意气!依然月明如昔,思君夜夜,肝胆长如洗。路漫漫其修远矣,两袖清风来去。为官一任,造福一方,遂了平生意。绿我涓滴,会它千顷澄碧。

一九九〇·七·十五

这是时任中共福州总书记习近平,1990 年 7 月 15 日所作的一首词,发表在 1990 年 7 月 16 日的《福州晚报》上。焦裕禄是中国共产党人的行为准则与道德标杆,已成为一个时代的民族记忆。焦裕禄精神,是中华民族艰苦奋斗,自强不息的特殊象征。当时的习近平,就抱着强烈、宏大的忧国忧民情怀,直抒胸臆。整首词,情意挚厚、深邃,词语精练、简洁,格调明快,又不失严谨,读完全词,

---

① 焦裕禄当年为了防风固沙,帮助农民摆脱贫困,提倡种植泡桐,如今,兰考泡桐如海,焦裕禄当年亲手栽下的幼桐已长成合抱大树,人们亲切地叫它"焦桐"。

② 焦裕禄临终前说:"我死后只有一个要求,要求党组织把我运回兰考,埋在沙丘上。活着我没有治好沙丘,死了也要看着你们把沙丘治好!"

不禁让人进入明净、深沉、宏阔的独特境界。

"百姓谁不爱好官？"这是《念奴娇·追思焦裕禄》这首词中非常经典的一句，这是一句追思与怀念之言，也是一句励志的表白，词作者被焦裕禄的品质所感动，从而产生了强烈的心灵震撼，看到了共产党员坚强如钢的意志，看到了共产党员崇高、博大的情怀，看到了共产党员艰苦奋斗、求真务实、无私奉献的优良传统与作风，体现了词作者的立意与志向。"百姓谁不爱好官"既是对焦裕禄精神的褒扬，更是词作者立志当好百姓喜爱的好官的真实心境的反映。

"为官一任，造福一方"是《念奴娇·追思焦裕禄》这首词中的另一句精彩之词，这不但是词作者对焦裕禄精神的赞美和感慨，也是自己执政的精诚坦露，更是饱含着一个共产党人的殷切期待，每一个共产党人和党员干部，必须具备"为官一任，造福一方"的胸怀，才能被广大人民群众誉为"人民的好公仆"，而每一位"为官"者，具有"造福一方"的情怀，才无愧于百姓喜爱的好官。词作者满怀豪情地对焦裕禄精神的赞颂，实际也是词作者本人执政的一种理念的感悟，更是蕴含着对广大共产党人和党员干部的一片深情、厚望与鞭策。

芳华岁月

20世纪70年代初，兵团时期。当时的广州军区生产建设兵团一师二团，现海口市琼山区境内的东昌农场。

我在读小学四年级时，教我们的两位教师是广州女知青，一位是教语文、担任班主任的23岁的麦美珍老师，另一位是教算术的副班主任，19岁的袁瑞萍老师。她们在农场这片广阔的红土地里，度过了峥嵘的芳华岁月！

麦老师长着一张圆嘟嘟的脸，大大的眼睛，一头运动员式的短头发，喜欢穿那种淡淡的、粉红色的短袖衣，显得特别的精神、青春。讲课时，她那一口纯正、标准、流利的普通话，给我们留下了极其深刻的印象，因为当时的农场、琼山、文昌籍的职工居多，平时交流都是清一色的海南话，而在她俩之前，教我们的老师都是土生土长的海南籍教师，授课时，全都说着海南方言味十足的普通话，因此，当麦老师用标准流畅的普通话讲课时，就给了我们焕然一新的感觉。每当教新课时，麦老师总是拿着课本，声情并茂地把课文朗读一遍，此刻，全班几十双眼睛根本不看捧在手中的课本，都全神贯注地盯着老师静静聆听，唯恐漏听了老师读出的一字一句。我们完全被麦老师的朗读感染了。

那时，在我们这些孩子的脑海里，麦老师不但懂得很多，还是一位可亲可爱的姐姐。劳动课的时候，麦老师总是利用劳动中的休息时间，给我们讲很多很好听的故事，鼓励我们多看书，好好学习，感恩父母，报效社会。麦老师还是一位谦虚好学、不懈追求、为人师表的好老师。一次，我在读一本课外书时，遇到了一个不认识的生字，我求教麦老师时，麦老师认真地看后，微笑着对我说："哟，这可把老师难住了，这个字老师也不懂呀！"说着，她翻开随身带的小本子，拿出钢笔，工工整整地把那个字记了下来，并对我说道："等老师回去查字典后，明天再告诉你！"第二天上课前，老师走到我的座位旁，把本子打开，我顺势看去，只见老师在那个字的上方标注了拼音，并在字旁边做了注释，麦老师还很标准地拼着那个字的读音，然后认真地向我解释字义，当时，我都被老师一丝不苟的精神感动了。

教算术的副班主任袁瑞萍老师则是一个活泼开朗的姑娘，袁老师身材苗条修长，喜欢穿花上衣和黑色的裙子。在我们眼里，袁老师不但是个可爱的老师，还是位漂亮的姑娘，是那个时候，山旮旯里一朵绚丽的花。在兵团时期，农场住房非常简陋，袁老师当时住的是一间不到 50 平方米的瓦房宿舍，与她一起居住的还有另外 3 名青年女老师，尽管多人居住，却丝毫没有影响袁老师爱美的习惯。在她的宿舍里，我们看到的是整洁的房子，桌面上整齐摆放的书籍、笔墨、物品和作业本，床铺上的床单总是铺得整整齐齐的，看不到一点皱褶。课外活动课时，袁老师经常和我们一起玩"老鹰捉小鸡""丢手绢"等游戏，还经常跟我们学讲海南话，从她口里讲出的走了调的海南话，常常让我们捧腹大笑，而此刻，袁老师也乐得涨红了脸，像个孩子似的，显得非常可爱。

记得一个星期天，我正在田野里放养家里的 6 只蛋鸭，忽然看见袁老师走在田垄小路上。

"嗨，老师——"看到袁老师，我赶紧站起来向她打招呼。

"哦，是桐佳，在放鸭呀，快带老师到你家去！"老师要到我家，我感到有些惊讶，袁老师告诉我，她是来做家访的。知道来由后，我赶紧把老师带回家中，又跑到菜地里叫回母亲。这次家访，最让我得意的是，母亲听不懂普通话，袁老师不会说海南话，我便成了她们之间交流的小翻译。

20 世纪 70 年代，生活物资极为匮乏，除了逢年过节，一个月都难得吃上一两次肉。袁老师是在学校食堂里吃饭，整天吃的不是冬瓜汤就是炒空心菜。自从那次家访后，袁老师知道我家养蛋鸭，十天半个月就会拿出 1 元钱,叫我帮她买蛋(当时乡下 1 元钱可买 6 个鸭蛋),可是每次买蛋时,母亲知道是卖给袁老师的,总会多加两个。

光阴荏苒,岁月沧桑,一晃 40 多年过去了,当年教我们的两位年轻老师,如今定是头发斑白,年近七旬的老人了,虽然她们离开农场返回广州后,我再也没有见过她们,但她们定格在我心中的记忆,永远是她们人生中最美丽的那段年华:年轻、朝气、美丽、活泼……

感悟小草

十多年前，我从琼岛东北部琼山境内的东昌农场，来到琼岛中南部七仙岭脚下，保亭县城毗邻着的新星农场工作。初来乍到，远离家乡，远离亲朋好友，孤身一人，寂寞、空虚、茫然，常常向我袭来，总感学自己像是一棵小草，漂泊在他乡异地。然而，这里美如诗画的环境，黎风苗韵的浓郁情调，令人着迷、陶醉，我又感幸运，能在这座"全国卫生县城""全国园林县城"工作、生活，完全置身在山青水绿，一片仙景之中。

小山城实在是太美了，这里有全国"五大最具特色广场"之一的七仙广场，还有黎族苗族最原始的船形屋建筑，恰到好处地嵌建在小城的各个部位，而小城的每一处美景，都有一片片的草坪点缀着，使小城浸染在绿茵之中。

又是一个周末双休日，我再次从住宿地沿着七仙河畔，踏着河边被绿草包围着的卵石路，向七仙广场走去。河岸修得非常精美，草坪像一张绿毯，在河岸两边不断延伸着……清澈的河水里，一群群的鱼儿尽情地在河中畅游着，河水静静地、缓缓地流动着……河岸两边便是县城的商铺和街道了。

在县城东北方向，在花草拥簇环抱下，多彩的七仙河畔一侧，近年来建起来的，约一公里长的民族风情街，是一方民族元素浓厚的好去处。在这里，你可感受到黎、苗族船形屋的经典建筑，领略到黎锦苗绣等多彩的民族服饰，还可品尝到黎族山兰玉液酒、苗族七色竹筒饭等美食，它们给保亭这座山城增添了无限的风采。

我在卵石路上徜徉着，行至七仙廊桥旁，我放慢了脚步，轻轻踏上了这座别具一格的桥梁,依扶着桥的护栏,迎着一阵阵,拂面吹来的凉爽的微微清风,我静静地、默默地尽情欣赏,向北眺望,仰视着色彩斑斓的天空,疑是故乡飘来的云彩,再看眼前的美景,山岚缭绕着神奇的七仙岭,在云雾中是若隐若现,一旁的七仙广场,像一位穿着艳丽的黎族少妇,向世间演绎着她迷人的万种风情,俯首注视桥下两侧,呵,是绿草铺造的河岸,这一棵棵小草,把这里的每一处土地扮绿、扮美。此刻,也许人们不会去关注每一棵弱小的野草,也没有多少人去欣赏它、保护它,更没有多少人去赞美它、讴歌它。然而,小草它依然顽强地生长着,不管烈日暴晒,不管风雨冲刷,不管人兽践踏,它仍然向自然、向世间充分展示着它的生命,它的丝丝绿意。

环顾四周,只见几名身着草绿色朴素衣服的园林工人,在修剪着绿地中的花草,劳动中,汗水湿透了衣裳,泥土把身体弄脏,而他们却用辛勤的劳作和苦咸的汗滴,换来了一块块园林、一片片绿地的亮丽,而他们每一个人,只是一个个普通的劳动者,是很平凡的、朴素的普通人,他们不也像是一棵棵默默无闻的小草,无私地奉献和展示着吗?蓦然,我对每一棵小草,产生了无限的敬意。

此刻,我为自己的浮躁,耐不住寂寞感到惭愧,是的,我们每一个人,都渴望自己的人生过得精彩,过得辉煌。然而,真正能成为参天大树,成为栋梁之材的毕竟少之又少,大多数生命,就像眼前一棵棵无名的小草一样,默默地生存着。

其实,平凡的人生,也是真实的人生,只要自己不颓丧,像一棵棵小草一样,能来到这个世界,就是一种天意,就是一份幸运,就应好好地珍惜。在芸芸众生,茫茫人海之中,准确把握好自己的位置和空间,不懈地追求和努力,也会过得潇洒、充实、快乐和精彩的。

啊,一棵虚弱的小草,给我感悟至深,遐想颇多……

《海南诗文学》——我的精神家园

年初，我在家（海口市琼山区东昌农场白石溪虚），度过了欢乐、祥和的龙年春节，便匆匆赶回了工作的保亭黎族苗族自治县，在风情的保亭县城，在弥漫着黎苗韵味的七仙河畔，和保亭籍黎族诗人、海南省作家协会会员胡天曙，畅谈品茗时，胡天曙从随身带的一个精致的小包里，抽出一张报纸递给我，并说："朱兄弟，我送你一张报纸。"我接过来一看，是由海南诗社主办，2011年9月12日出版，总第101期的《海南诗文学》报，我如获至宝，从此，我有幸结识了《海南诗文学》，并走进了《海南诗文学》这个博大的精神大家园。

在这个家园里，我认识了至今还未谋过面的，海南诗界赫赫有名的冯麟煌、吴云汉、伍鼎锐、黄观泰等一批名诗人，也拜读到了一首首、一篇篇充满激情、富有诗意的诗歌、美文，让我如痴如醉，陶醉在这片南国诗园的家族里，也大大激发了我内心的诗情和写作的灵感。于是，我也斗胆偷偷向《海南诗文学》投去了我的一首短诗。

海南的夏天是炎热的，就在这火辣辣的某天下午上班之时，投递员送给了我一封信，我接过一看信封，是海南诗社寄来的，我迫不及待打开一看，那是2012年5月18日出版，总第105期的《海南诗文学》报，当看到第四版，见到我的那首短诗《心溪》被录用刊登时，我高兴得差点尖叫起来。于是，我的写作欲望大增，趁着高涨的热情，我写下了一首《夏之印象》，再次向《海南诗文学》投去，期待中，我的这首诗，在2012年7月6日，总第106期的

《海南诗文学》刊发了。紧接着，我写的一篇赞美、介绍保亭风土人情的散文《保城，风情浪漫之城》又再次在 2012 年 8 月 2 日，总第 108 期的《海南诗文学》上羞答答地与各位诗朋文友见面了！

8 月，在胡天曙诗友的引荐下，我荣幸地加入了海南诗社，成了诗社的一名会员。在此，我将以万分的热情，为海南诗文化的发展和繁荣，倾出我火热的爱。同时也祝愿，我们的《海南诗文学》越来越好，让她变成一座强大的、富丽堂皇的，我们海南诗友引以为豪的精神家园。在国际旅游岛建设，文化大发展、大繁荣的百花园中，成为一朵绚丽多彩、引世人注目的奇葩！

海瑞故居遐思

车子在繁华的椰城海口一路穿梭,在府城红城湖路67号停下,下车抬头一望,一古色古香,恢宏庄严,又不失瑰丽的门坊矗立在眼前,大门中间上方,写有四个清秀的大字"海南青天"。哦,原来,我们此行参观的海瑞故居到了。

迈步拾级而上,跨入了这座心中仰慕已久的庭院。只见故居的结构布局、建筑特点,体现了浓浓的海南民间韵味,整体是坐南朝北走向,分前堂、正堂、后堂、书斋、花厅、书童间、杂物间、厨房等单建筑。前堂三间,进深两间,抬梁结构,单檐硬山式筒板布瓦顶。正堂之间,进深两间,设前檐插廊,抬梁单檐硬山式筒板布瓦顶,内置玻璃钢铸成的"海瑞像",神龛下有木匾,正中刻有"孝忠"二字。后堂三间,进深两间,抬梁结构,单檐硬山式筒板布瓦顶,前堂与正堂之间立有"重修海瑞故居记"的石碑。花厅面阔三间,进深一间,抬梁结构,单檐硬山式筒板布瓦顶。内侧置有海瑞书法石碑数块。正堂西边有书童、杂物、厨房三间,采用抬梁组合结构,单童硬山式筒板布瓦顶。书童间旁边,我们看到,明代海瑞故居留下的石雕井口砌成的石水井。

踏着脚下这片海瑞出生长大的土地,看着眼前故居里的一处处遗迹,随着讲解员的解说,仿佛时光倒流,又让人穿越回了500多年前,海瑞生活的岁月……

海瑞(1514—1587),字汝贤,号刚峰,琼州府城朱桔里海宅村,即现在的海口市琼山区府城镇金花村人。海瑞四岁丧父,在母亲谢氏的携带哺养教诲下长大,少年时代的海瑞,就树立了"读圣贤书，干国家事"的人生宏大志向。青年时代的海瑞，便对社会问题表现出了极大的关注和忧虑。三十六岁那年，海瑞参加乡试，以一篇《治黎策》对答，成为举人。

嘉靖四十三年（1564年），海瑞因治理兴国有功，升任户部云南司主事。上任后，海瑞看到了大明王朝的政治腐败、经济衰落，深为嘉靖皇帝忽朝失政，宠信方士所担忧，于是，他备棺冒死上疏，这就是闻名天下、声震朝野的《直言天下第一事疏》。海瑞这个奏疏，直诉朝政得失，言天下人所不敢言，因此得罪并惹怒了皇帝，被罢官革职，打入牢狱。

嘉靖皇帝死后，海瑞获释复职，仕应入巡抚。在任内，他兴利除弊，整顿吏治，平反冤狱，推行以工代赈之法，主持疏浚了吴松江、白茆河。海瑞针对江南官户多，优免户多，转嫁赋役和土地兼并严重等现象，大力推行土地清丈等政策。但海瑞的举措，严重触犯了大地主们的切身利益，遭到了他们的极力抵触，因此，他们便联合起来指责他，诬陷他，隆庆皇帝听信偏言，罢免了海瑞的官职，令其回籍候听调用。

海瑞被贬回到了故乡，一待便是16个春夏秋冬，在此期间，他并不因为失去昔日的权力而感到消沉悲伤，当时，他身居孤悬的海南，却心系国是，情倾故乡。他经常与家乡的地方官员商讨为官、做人之道，指点政令得失，大力推动地方清丈土地、修筑水利，发展生产。

美舍河就因海瑞的治理，而产生过深远的影响。早在宋代，当地官民就多次治理过美舍河，以确保河水流畅，当时，大帆船都可以从海口沿河直达府城东门。明代中期以后，因泥沙淤积，河床逐渐变浅，海瑞看到河口多年失修，河床淤塞不通畅，便向琼州分巡道唐可封提出疏浚河口的建议，唐可封采纳了海瑞的提议，召开座谈会，广泛征求对疏河的意见和办法，得到广大民众的积极支持和热烈响应。海瑞和唐可封亲自率领民众疏河，终于疏通了府城出海的水上通道。

万历十三年（1585），海瑞已是72岁高龄，万历皇帝起用他为南京都察院右佥都御使，后升任南京都察院右都御使。海瑞不顾年事高，仍以肃清吏治、反对贪污为己任，颁布了《禁军积弊告示》，严禁使用里甲、摊派物品、勒索钱财等，他的行为，激起了贪官污吏的愤怒，使他们群起抵制。当时，海瑞深感大明王朝就像一艘百孔千疮的客船，难以修复，加上他年迈体弱，无能为力，便七次上疏，求归故里，颐度残年，而朝廷不允。万历十五年（1587）十月，海瑞卒于南京都察院右都御使任上，茹赠太子少保，谥号忠介。

纵观海瑞为官，经历了嘉靖、隆庆、万历三个朝代，多次冒死进谏。海瑞骂皇帝，这在历史上是罕见的，特别是在皇权至上的封建时代，更加显得难能可贵，这正是海瑞刚直不阿、不畏强权的精神所在。海瑞这位从海南，从琼山府城走出去的官员，后人对他的敬重，非同一般，海瑞的家乡府城，处处可见为纪念这位"海青天"留下的历史遗迹：海瑞墓、忠介路、海忠介庙、海瑞故居等。《海瑞罢官》《海瑞回朝》《海瑞》等电影、京剧、琼剧等不同艺术形式的舞台上，也常常出现海瑞的形象与身影。在漫长的历史长河中，为官者像星星一样繁多，海瑞充其量也只是其中的一员，老百姓热爱他，史学家敬重他，文艺家赞颂他，是其他官员不可比拟的。海瑞被誉为中国十大清官之一，"海瑞故居"也被列为海南廉政教育基地、海南省传统文化教育基地、海口市级文物保护单位。

为何一个古代普通官员，值得人们这样地铭记、缅怀，看着故居中的一草一木，一沙一石，当我欲跨出这庭院的大门时，蓦然回首，再次仰望着屹立着的海瑞雕像，不禁陷入了深深的思索……

家乡雨韵

家乡的雨,是以很有特色的,那雨中的韵味,像诗情画意一样美,总是令人难于忘怀……

我的家乡,在琼岛的东北部,是海口市琼山区东昌农场所管辖下的一个叫福佳园的小山村。村外有一条溪流,叫白石溪,过了小溪的石拱桥,是一片宽阔的田野,村中有翠竹、黄皮、波罗蜜和野生荔枝等众多植物和果树,长得郁郁葱葱、茂茂密密,把小村的农家小院,围得严严实实。小村背后的山坡上,无规则地长着椰子树、槟榔,还有乡亲们种植的橡胶,以及长得嫩绿的胡椒和那些说不上名称的野生灌木,奇花异草。每一次雨的来临,都会把这乡村的景貌,彰显得更加淋漓尽致。

家乡的雨,有时来得缠绵、温柔,伴随着和风吹拂,细雨是轻轻地,慢慢地跌落,稀稀疏疏,飘飘洒洒,洒落在绿色的山野中,流动的小溪里,弯曲的山路上……

家乡的雨,要数羊儿最敏感了,稍有风吹草动,羊儿就会很机警地踏上归栏的路。只有公鸡,会在雨中,让雨水冲刷它身上的污垢和灰尘,用嘴尖当梳了,梳理着它身上那火红、光泽、艳丽的羽毛,高兴时,还拍着翅膀"喔喔喔"地打鸣,在群鸡面前,充分显示它雄性的风采。只有狗儿,最令人讨厌了,拖着一身的雨水,狼狈回来,跑到人的跟前,抖动身子,把浑身的脏水,洒得到处都是,此刻,便会遭到人们一阵阵的责骂:"你这备死狗,疯了吗!"最悠闲的,要算是猪儿了,不管是电闪雷鸣,还是风吹雨打,它总是拖着肥大的身体,悠然自在,除了吃喝,便是呼呼大睡。

家乡的雨，倘若夜间到来，卧床倚枕，倾听夜里的雨声，我想，那是最优美、最动听的一种音乐了。当雨点打在院子里的瓦房上，打在屋子旁边的芭蕉和石榴树上，便会发出富有清脆节奏感的敲击声，叮叮咚咚、窸窸窣窣、哗哗啦啦。远处，还会从空旷的田野里，传来青蛙一阵阵"呱呱呱"的欢叫声。

家乡的雨，有时下得很凶猛刚烈。才乌云满天，瞬间便雷声大作，弧光闪闪，说来就来，倾注直下，从天而降，开始时是噼里啪啦的雨点，很快就会越下越大，那真是毫无遮挡的，轰轰烈烈、铺天盖地洒落倾泻下来，变成了倾盆大雨，向整个家乡肆虐……此刻，村庄被它紧紧包裹着，就连那一排挺拔伟岸、高昂的椰子树，也要耷拉着茎叶，逆来顺受般地迁就着大雨的洗涤冲刷。

家乡的雨，滋润着家乡广袤、丰腴、肥沃的土地，给家乡人带来无限的回报与福音。可是有时，家乡的雨，一下便是十天半月，总是没有停下来的意思，小溪满了，湖塘满了，田野满了，一片泽国，变成了暴雨成灾。这时，纯朴的家乡人也开始骂天了："老天爷呀，是谁捅破了你的尿包，总漏个不停！"

家乡的雨呀！你就是这样富有韵味，就是这样惹人喜爱，令人欢乐，而有时，又招人哀怨，遭人责骂。

胶园落叶

　　初春的一天,天空湛蓝,显得特别的空阔、清澈。在阳光的沐浴下,远处山坡上,一行行、一丛丛的胡椒,犹如洗过一样,青翠欲滴。近处的橡胶园里,胶树上金黄的叶片,漫天地飘洒下来。此时,我沿着小路,来到了胶园,徜徉在静谧的胶林间……

　　一阵清风,迎面拂来,使我打了个冷战,天气多少还带有一丝丝的寒意,但给我带来的更多的是清爽。更令我心头一震的是,铺满胶园的落叶,竟闻风起舞。随着风的旋律,金黄的落叶,飘过我的眉梢、脸庞,飘过我的心田、脑海。我随意地靠在一株胶树上,尽情感受此时的胶园景观。

　　胶园落叶,像大自然其他作物落叶一样,当叶子在耗尽了所有的养分之后,便遵循大自然新陈代谢的规律,离开胶树,洒落胶园。

　　难道它是那样无情?难道它是那样冷酷?它又何尝舍得和它相厮相守的枝干?它不情愿遵循大自然的运动规律?不!它纯属心甘情愿,当叶子完成了它的使命,它会不徘徊、不犹豫、潇洒地告别树枝,欣然地投向胶园的怀抱,任凭泥土埋藏自己,毫不吝啬地奉献出自己的一切,化作一份肥沃的养料,等待胶树汲取。它的洒落,是把位置让给新的生命,当枝头冒出点点新绿,树干得以茁壮长大,那便是落叶最大快慰。

　　虽然,落叶没有鲜花般绚丽婀娜、多姿诱人,也没有果实的丰硕饱满、厚重香甜而惹人喜爱,更没有根的苍劲有力、坚韧不拔、给人以刚强的感觉。它,只是一片轻轻的,经历了风雨沧桑的,不引人注目的落叶。

然而，当浓浓的胶水，顺着胶树流淌，当一担担的胶桶，盛满了乳汁般的浓液时，你可想到没有？如果没有叶子的付出、奉献和牺牲，还能有如此喜人的收获吗？

看着胶园落叶，刹那间，我的脑海里呈现出——深夜里，头戴明灯、身佩背篓、脚踏布鞋、手握胶刀、披星戴月，在胶园中辛勤耕耘的矫健身影，备感熟悉，倍感亲切！啊，那不就是我们可亲可敬，又可爱的胶工吗？在海南——全国最大的橡胶生产基地，成千上万的胶工，不正像这些默默无闻的落叶吗？他们把情和爱，倾注在胶园，他们把青春和热血，贡献给了祖国的橡胶事业。

又一阵清风，把我从遐想中吹醒。带着对胶园的依恋，怀着对落叶的敬仰，我迈开归途的步伐。蓦然回首，只见落叶随风起舞，我情不自禁地发出赞叹——

啊，胶园落叶，我爱你！

漫谈读书

书，是人类的宝贵财富，书，与每一个人的生活、工作息息相关。说到底，人与人之间，民族与民族之间，一个地区与一个地区之间，甚至一个国家与一个国家之间的差距，也就是文化之间的差距。而文化底蕴的浓厚与淡薄，知识积累得多与少，其渠道或许很多，但是，主要是通过读书获取的。从幼儿园，中小学，到大学，一直到工作，我们每一个人的成长经历，无不跟读书有着密切的关系。谁善于读书，谁就能在智慧的海洋中劈波斩浪，扬帆远航，驶向理想与成功的彼岸。

古人云："读万卷书，行万里路。"就是说要博览群书，不断丰富知识，只有这样，才能获得更多的间接经验，同时，还要深入社会，深入生活，才能获得直接的经验。在信息化、数字化日益发展的当今社会，知识的载体与传播已经大大超越了传统的纸质书籍，而呈现出多元化，因此，"书"也变得多样化，丰富多彩了。媒体网络是"书"，调研实践是"书"，人生交往是"书"，生命与社会更是一部永远"读"不完的大"书"，值得仔细研究、品读，需要用头脑去读，用心灵去读，读出"书"里"书"外那些深厚的底蕴和丰富的内涵，读出幸福与精彩来。

歌德说得好："读一本好书，就如同和一个高尚的人在交谈。"书海茫茫，良莠杂陈，读书须善于择书，市面上，书店里，书会很多、很多，哪些书是自己必读的、可读的、慎读的、拒读的，必须有鉴别、有筛选，属于自己的书，还要结合自己的生活现状和工作现状，在读书中思考，在读书中积累，在读书中运用，以提高工作能力和业务水平。读适应时代发展和自己需要的书,当今社会,知识更新加速,如不拓宽读书知识面,跟不上时代发展的潮流,知识就会老化,视野就会狭窄,正如清代著名诗人袁枚所说:"读书如吃饭,善食者长精神,不善食者生痰瘤。"因此,我们要善于读"长精神"而不是"生痰瘤"的书。

"冰冻三尺,非一日之寒",读书获得丰富的知识,也非一日之功,读书是件苦差事,要耐得住寂寞,现实当中的每一个人,或许都工作繁忙,或许是经济拮据,为生活奔波,或许是家庭压力大,困惑重重等,影响了有效的读书,因此,我们每一个读书之人,必须具备付出和牺牲的精神。对一个人来说,生命就是时间,时间无处不在,关键在于愿不愿意做自己时间的主人,在于是不是想挤出时间,持之以恒地利用时间去读书,把别人喝酒、饮茶、打牌、玩彩票的时间利用起来,少些无必要的应酬,少些无所谓的游玩,对时间精打细算,挤出时间来读书。

"开卷有益",让我们把读书当成一种美丽,一种时尚,一种幸福,让书伴随着我们,一起走向绚丽多彩的未来……

新星，在七仙岭闪烁

——读金戈诗集《木棉花开的声音》

《木棉花开的声音》是我县黎族青年诗人金戈，曾出版的一部诗集。这是金戈追求文学梦的漫漫长路中迈出的坚实一步。在保亭，写诗的人不是很多，可想而知，结集出书，更是凤毛麟角了，后来，又欣闻金戈被海南省作家协会资格审查委员会批准，吸收为2015年发展的省作家协会会员。出于对诗歌的兴趣与爱好，也抱着对金戈这位诗坛新星的敬慕，笔者对金戈的诗集进行了阅读与欣赏。

在《木棉花开的声音》中，金戈用朴实又不失帅气的笔调，描绘了一幅幅精彩纷呈的自然风貌和生活场景，《黎家之夜》《遥想木薯地》《回乡偶记》……家乡的黑夜与白天，七仙岭的山泉与溪涧，这世间的一切，都在金戈笔下得到表现。哪怕是一朵花、一只鸟、一场雨、一次漫步，等等，都凸显出金戈对家乡、环境、自然与人生的一种思绪，如《缅怀昨日的村庄》：

卡车急速地奔跑
在乡村公路上
从城里换回来
满满一车的幸福

如果祖父祖母还在
一定是乐坏了
正如盛开的木棉红

点亮灰暗的黎家

一群晚归的牛羊
徐徐走进暮色
有一盏灯和一堆火
温暖老人的苍凉

狗吠叫欢了傍晚
鸡鸣唤醒了早晨
泥草房下的日子
只是老旧的黑白照片

清风瘦了
跑不过时光
人在高楼中
回味浓情的往昔

二十年前有一张脸
依然清晰
谁在呼唤我的乳名
于梦的深处

诗集里，金戈用巧妙的诗歌语言，把自己对家乡的挚爱、失去时光的留恋，以及对景物的感悟，揉成一体，表现得淋漓尽致。在金戈的诗集里，像《怀念——给外婆》《我的诗友陈朝锴》《我怎能将你遗忘》，字里行间洋溢着浓浓的一个"情"字，当然，这样的情，包含着爱情、亲情、友情、故乡情、民族情、分别情、怀念情等，在《木棉花开的声音》这本包含160多首诗的诗集中，这种浓情厚爱，都不断地在他的诗作中得到表达。《当云朵飘过天际》就是其中的一首：

当云朵飘过天际
在浅滩投下阴影——
温柔的溪流你知道
那是深沉的忧郁?

当云朵飘过天际
瞬间失去影踪——
亲爱的苦楝树啊
告诉我她去何方?

当云朵飘过天际
激起湖面的波澜——
怒放而热情的木棉呵
你预知到离别不?

当云朵飘过天际
与明月悄然擦肩——
你小小的布隆闺
可知道她驻足在哪儿?

当云朵飘过天际
善变如烟如雾——
四季常青的槟榔哟
天上有不变的云朵么?

　　《木棉花开的声音》是金戈的第一部诗集,金戈还很年轻,当时刚过30岁,我期待着金戈用他青春的激情,优美的文笔,创作出更加精彩的诗章来。
　　我有理由相信:保亭广袤风情的大地上,七仙岭神奇碧阔的上空里,必定会有诗坛的新星发光、闪烁!

美哉,保亭图书馆

在海南中南部,有一座风景秀丽、旖旎的神奇山峰——七仙岭。七仙岭脚下,是保亭黎族苗族自治县的县城——保城。美丽的保亭县图书馆,就雄踞在这座风情浪漫的县城东侧。

当你漫步文化路,目睹文化中心建筑群时,就会被一座巍峨、壮观的三层楼所吸引,楼门一侧,挂着一块写有"保亭黎族苗族自治县图书馆"大字的牌匾,格外引人注目,这就是保亭县图书馆。

据图书馆管理人员介绍,保亭图书馆于2009年3月投资兴建,总投资812.94万元,建筑面积约4873.39平方米,主体建筑三层,2012年1月建成投入使用,是省二级图书馆(目前,全海南达到省二级图书馆的仅三个,保亭图书馆是其中之一),且年读者人数最多,是集图书信息、网络阅读、特色文化、学术报告、知识培训、休闲交流为一体的现代化图书馆。图书馆现有藏书10万多册,电子图书18.6万册,地方文献543册。为了充分提高图书馆的利用率,最大限度地为读者提供方便,图书馆全部采用计算机管理,复印机、扫描仪等设施一应俱全,为广大读者提供网上各类信息的查询、阅读,以及网络文献检索服务。同时,能共享海南省图书馆丰富的网络资源。

中国梦,少儿梦,少儿强,中国强。保亭图书馆非常注重祖国花朵的健康成长,为其提供了良好、绿色的精神食粮。设置在一楼的"少儿借阅室"就是一处为少儿提供的良好的借阅场所。这里,一切都是为少年儿童们精心设计的,一派童趣的世界,就连一楼楼梯上的"楼梯危险!小朋友请勿攀爬"的温馨提示,都显得那么体贴和富有人情味。在这样的氛围中，广大少儿朋友，不但能学到丰富的知识，更重要的是，学到了做人、处事的道理。中老年人假如来到这里，会被深情地勾起少儿时代的种种幸福回忆和美好向往。

离开"少儿借阅室"，从一侧的楼梯拾级而上，便来到了二楼。制作精美的悬挂在廊道上的墙壁"书山有路勤为径""行万里路，读万卷书""开卷有益"等格言，会马上映入你的眼帘。顺着廊道走30米左右，在入馆处签好名，便到了二楼的"图书外借室"。此刻，当你看到"请保持安静""严禁吸烟""严禁高声喧哗"和《县图书馆文献保护规章制度》《外借读者借阅规则》《外借管理员职责》等一系列温馨提醒和有关的规章制度时，你定会感到肃然起敬。

当置身在一排排、一行行的书架旁，看到书架上整整齐齐且分类有序地摆满了马列毛、社会科学、文学、自然科学等书籍时，就像走进了一座山，一座有着丰富宝藏和财富的高山。你若想拥有，就要不惧跋涉和艰辛，不惧不懈地努力、追求与攀登，才能闯出一条通往巅峰的路。

当你不倦地在一排排的书架中行走、穿梭时，你又会感到像是在一片茫茫的海洋中遨游。彼岸的风景很美、很诱人，你若想到达，必须经过一番拼搏，不畏艰险，劈波斩浪，才能畅游到心中的目的地。

离开庄严的二楼"图书外借室"，再往上攀登，便是三楼的"报刊阅览室"。

当你身入其中，明亮、整洁、宽敞的大厅，排列整齐，制作精致的书桌、坐凳，会让你心头一震，感到心旷神怡，无比舒爽与享受。

在行行书架前轻轻移步，看见社会科学、政治、军事、经济、教育、语言、文学、艺术、历史、自然、医学、农业、工业、交通、航空、环境、综合等丰富多彩的书籍时，你会顿悟"书山有路勤为径，学海无涯苦作舟"的道理来。当然，你也一定能在这"勤"和"苦"中，寻找到快乐、开心与满足。

在这里，我遇到了居住在广东街的候鸟一族梁女士，她娓娓向我道来："我来自哈尔滨，是保肇风景如画的环境，新鲜的空气和灿烂的阳光吸引了我,我把保亭当成我的第二故乡。更令我激动的是,保亭不但山美、水美、人美,阅览、读书的地方也这样美。在保亭图书馆,既是阅览、读书,也是一种休闲、养生。我和我的老乡,都成了这里的常客!"

图书馆东侧,是保亭七仙广场,是海南唯一获得全国五个最具民族特色广场的广场。在这里,你可尽情地欣赏风光绚丽的每一处别致的景观,还可远眺七仙岭山脉的整个面貌,你还可以自由自在地坐在石凳上,聆听和观看特有民族风味的哗哗转动的水车。

图书馆的南侧,是一座气势恢宏,造型别具一格的大型建筑物,它就是由著名电影演员,毛泽东特形扮演者,海南旅游形象代言人唐国强题名的"保亭影剧院",影剧院的建成,填补了保亭多年来没有影剧院的空白,是目前全省一流的影剧院之一。

哦,保亭图书馆周围精美的建筑,绚丽的景点还很多、很多……

每次当我恋恋不舍地迈出保亭图书馆,眺望云雾缭绕的七仙岭,俯瞰脚下潺潺流动的保城河,再回首,仰望被青山绿水环抱的保亭图书馆,总会止不住内心的激动,情不自禁地喊出:"美哉,保亭。美哉,保亭图书馆!"

飘洒在保亭图书馆里的墨香记忆

在保亭，在美丽的七仙岭脚下，在工作之余，在休闲的节假日，我总会找到喧嚣之外的宁静，一处飘荡着墨香，拥有"颜如玉""黄金屋"的好去处——保亭图书馆。

每当漫步于保亭县城，走在文化路，目睹文化中心建筑群时，我就会被一座巍峨壮观的三层楼所吸引。楼门上方，挂着一块"保亭图书馆"大字的牌匾，格外引人注目，这就是保亭图书馆。

设置在一楼的"少儿借阅室"是一处为少儿提供的借阅场所。这里，一切都是为少年儿童们精心设计的，一派童趣的世界，在这样的氛围中，广大少儿朋友，不但能学到丰富的知识，更重要的是，可学到做人、友爱的道理。每当在此看到可爱的小朋友们幸福地阅读，快乐地玩耍时，总能勾起我儿时的记忆……

记得七八岁时，当星期日、寒暑假来临，我便赶着家里的六只鸭子，到村边的池塘里放养，在池塘的波光幻影中，小鸭子尽情地在水中嬉戏，那笨拙的样子，非常可爱，此刻，我会从兜里掏出随身带来的小人书（连环画），站在池塘边上，随着鸭子在水中扑腾，我也慢慢走进了小人书的故事世界。

夏日炎炎时，我总会拿着自己喜欢的书，走出低矮闷热的小屋，到一旁的大树下，随着徐徐凉风，一边读书，一边乘凉，这时，父亲总会光着膀子，轻快地爬上旁边一棵高大的椰子树，摘下几个椰子，母亲把椰子砍好，端到我跟前，说："儿子，喝椰子水，喝了再看！"我把手中的书放下，接过母亲捧给我的鲜嫩的椰子，尽情地猛喝，当甘甜、清爽的椰子水滋润我幼小的心田时，我感到特别的舒服与幸福，并暗暗下定决心，我一定要好好读书学习，长大做一个有用之人，报答父母的养育之恩。

离开"少儿借阅室"，从一侧的楼梯拾级而上，来到了图书馆的二楼。我置身在一排排、一行行的书架旁，看着书架上整整齐齐且分类有序地摆满了马列毛、社会科学、文学、自然科学等书籍时，就像走进了一座山，一座有着丰富宝藏和财富的高山，你若想拥有，就必须不惧跋涉和艰辛，不惧不懈地努力、追求与攀登，才能闯出一条通往巅峰的路。

在一排排的书架中行走、穿梭时，我又感到像是在一片茫茫的海洋中遨游，彼岸的风景是那么优美，那么诱人，但要想到达，必须经过一番拼搏，不畏艰险，劈波斩浪，才能畅游到心中的目的地。

走着、看着，不禁又唤起了我人生履历中的一段记忆……

十五年前，我下岗了！在残酷无情的现实面前，为了生存，我别无选择，义无反顾地加入了打零工的行列。当告别昔日熟悉的环境，熟悉的家园，告别亲爱的家人、亲友，告别一起共事过的同事，离开故乡时，心中总会升腾起一股股的惆怅与感慨。就在我常常感到失落伤感之际，我找到了心灵的寄托——看书。书，给了我无穷的力量，书，给了我坚定的信心，书，让我从中得到了知识，书，给了我无限的灵感，于是，我拿起笔来，把我的思想感悟和身边感人有趣之事，都写下来，陆陆续续向杂志、报纸、电台投稿，功夫不负有心人，我写的文章终于发表了！当第一次收到编辑部邮寄来的，飘洒着墨味，打印着我名字的文章时，我兴奋得一夜未眠。于是，我便一发不可收拾，一边打零工，一边看书，一边写作，向各类不同的报纸、杂志投稿。

2006年12月底，经老乡推荐介绍，我来到了保亭县境内的新星农场寻找工作。当时的情景，我记忆犹新，农场负责人问我："你上过什么大学，有什么专业特长吗？"完了，领导这么一问，我就有一种预感，没戏了，我深知，我没有上过大学，没有文凭，更谈不上有什么专业了。出于礼节，我还是如实地回答领导："领导，我没有上过大学，没有文凭，也没学过什么专业。但是，我喜欢看书，爱好写作！"说着，我从包里拿出早已备好的，我参加各类征文比赛，获奖的一本本荣誉证书，还有在各地报刊上发表的一些文章的复印件。领导接过我拿出来的这些东西，打开仔细看后对我说："好，这些荣誉证书你先拿好，文章复印件留下吧！我们开党委会讨论再决定，你先回去，等待通知！"我想，这肯定是客套话了。就这样，我第一次匆匆来保亭，又非常失望地匆匆离开保亭，回到了我的家乡。

2007年初春的一天，我正在荔枝园里参加施肥劳动，突然，挂在腰间的手机响起，一接听，是一个令我不敢相信且兴奋的消息，新星农场打来电话通知我：经农场党委开会讨论，同意我到农场宣传科工作。我拎着简单的行囊，从我的家乡东昌农场，又来到了保亭，来到了新星农场。我非常珍惜这来之不易的机会，是读书，让我重新走上了工作岗位，真的要感谢读书，感谢知识，是读书与知识改变了我的人生命运，使我从一个下岗职工，华丽转身，成为一个普通的农场干部。于是我更加努力地读书、学习，认真做好我的本职工作。保亭图书馆，成了我最喜欢的读书场所，这里是我取之不尽、用之不竭的知识宝库，我如鱼得水地投入其中，从大量的图书阅读中，我得到了丰富多彩的精神食粮。

每次，当我登上图书馆三楼的报刊阅览室，步入明亮、整洁、宽敞的大厅，看到排列整齐、制作精致的书桌、坐凳，我总会心头一震，感到心旷神怡，总感到读书是至高无上的享受。在这里，我遇到了"候鸟一族"的梁女士，她告诉我："我来自哈尔滨，是保亭如画的环境，新鲜的空气和灿烂的阳光吸引了我，我把保亭当成了第二故乡，更令我激动的是，保亭不但山美、水美、人美，阅览、读书的地方也这样美，在保亭图书馆，既是阅览、读书，也是一种休闲、养生，我和我的老乡，都成了这里的常客！"看着神采飞扬倾诉说着的梁女士，我一点也不相信，她已是一位50多岁的人，她分明就是一位皮肤白嫩，体态端庄，又不失灵巧的30多岁的丰腴少妇。此刻我不得不相信她所说的，读书能养生、美容的话语了！

"书山有路勤为径，学海无涯苦作舟"，我已把读书的苦，变成了我人生的最大快乐和最高追求。每次，当我恋恋不舍地迈出保亭图书馆，眺望着山岚和云雾缭绕的七仙岭，俯瞰脚下潺潺流动的保城河，再回首，仰望被青山绿水环抱的保亭图书馆，总会感慨万分，总会情不自禁地道出:"啊,保亭图书馆,飘洒着浓浓墨香的知识殿堂,我心目中的精神家园,你伴随我走过了一个又一个风雨无阻的欢乐征程。这里,留下了我无数的足迹,这里,留下了我无限的美好记忆,今生今世,与你结缘,永不放弃!"

蒲公英，母瑞山上的革命菜

母瑞山，在海南的名山峻岭中，不是最高的，山脉也不是最长的。它，只是五指山向东北方向延伸的一条余脉，方圆也只有100多平方公里。

母瑞山位于定安县南部山区，山里生长着一片片原始森林，毒蛇猛兽出没林间，密林里闷热潮湿，瘴气弥漫。在草丛的积水处，还有许许多多吸血的山蚂蟥。当然，还有山中岭间处处可见的，被红军将士称为"革命菜"的蒲公英。

不久前，我有机会前往被誉为琼崖革命摇篮的母瑞山革命根据地，真正感悟到了母瑞山的卓尔不群，是海南其他山脉不可替代的。矗立在纪念园中的王文明、冯白驹的巨大雕像，不禁让人追寻，回到母瑞山铁马金戈的红色岁月中去……

1928年3月，国民党军抵琼，大肆围剿苏区，琼崖军民奋起反击，但因敌强我弱，反"围剿"受挫，是年冬季，琼崖苏维埃政府主席王文明，率部转移母瑞山，开辟革命根据地，第一次保存了革命火种。

1932年7月，国民党再次对琼崖苏区大围剿，琼崖军民浴血抵抗，因敌我力量悬殊，反"围剿"失败。冯白驹带领党政军100多人在母瑞山恶劣的环境下，与敌人周旋，敌人的重重封锁与不停地搜剿，加上饥饿、疾病、寒冷的侵袭催逼，一批批的壮士相继倒下死去了，最后仅剩下25名英雄，他们胸怀崇高的革命理想，过着原始野人般的生活，坚持了8个多月艰苦卓绝的斗争，最后冲出了重围。

琼崖将士们在母瑞山过着与世隔绝的生活，吃是他们生命攸关的头等大事。采野菜、挖山薯、摘野果、剥山芭蕉芯，成为他们每天的主要任务。趁着敌人没有搜山的时候，他们分散到山沟里去摸鱼虾，到林中采木耳、蘑菇，捕蛇，爬到树上掏鸟蛋，但渐渐地，能吃、能填饱肚子的东西越来越少了。此时，琼崖将士们在采集野菜时，发现一种一尺多高，形状像蚕豆苗的野菜，叶子柔嫩，枝茎脆，煮熟一尝，味道清鲜，大家都比较喜欢吃。于是，隐藏在母瑞山的琼崖将士们，就靠这种野菜充饥，顽强地生存着。

一天，大家在山头上围在一起进餐时，有一战士提出："这野菜吃了这么久，连个名字也没有，太委屈它了，我们要给它取个好听的名字，等将来革命成功了，告诉我们的孩子，我们的后代！"

"对呀，应该给它取个好名字呀！"大家七嘴八舌，各抒己见地议论开了。有的战士说："这野菜能让我们吃饱，就叫'饱肚菜'吧。"又有的战士则说："我们围困在母瑞山，这野菜作为我们的粮食，叫它'山中宝'更合适。"还有的战士说："是这些野菜保住了我们的性命，叫它'长命菜'更好。"冯白驹一边嚼着野菜，一边认真听着大家谈论。一战士对冯白驹说："冯同志，你也发表一下意见吧？""对，让冯同志谈一谈吧！"大家一致转向冯白驹。"同志"这个词，在那个艰苦的年代，是最尊贵的称呼，它不分地位，不分身份，不分贵贱，它意味着信仰相同，可以以命相许。冯白驹当时的身份是特委书记，但将士们都喜欢称他为冯同志。

冯白驹双手捧着用椰子壳当碗装着的野菜，眺望着眼前苍茫的母瑞山，又深情地看着身边的同志们，坚定地说："这野菜，在我们革命最危困的时候，帮助了我们，相伴着我们共度艰难岁月，支持了我们琼崖革命，我认为，叫它'革命菜'吧！"

"好，就叫它'革命菜'！"全体将士齐声叫好，一致同意冯白驹的这一提议。于是，"革命菜"这个称呼，就这样传开了。

其实，这"革命菜"，它的植物名称叫蒲公英，只是在当时那个特定年代，人们并不知道它的名字。蒲公英属菊科多年生草本植物，茎圆柱状，深褐色，粗壮，叶倒卵状披针形、倒披针形或长圆状披针形。蒲公英的花，只在中午的时候开，早晨和傍晚不开放，种子上有白色冠毛结成的绒球，花开后随风飘到新的地方孕育生命。蒲公英植物体中含有蒲公英醇、蒲公英素、胆碱、有机酸等多种健康营养成分，有利尿、缓泻、退黄疸等药用功效。蒲公英同时含有蛋白质、脂肪、碳水化合物、微量元素及维生素等，有丰富的营养价值，是药食兼用的植物。就是这种默默无闻的蒲公英，支撑着琼崖将士在母瑞山上，渡过了重重生死难关。

……

听罢母瑞山革命根据地纪念园园长、金牌讲解员，80多岁的退休共产党员王学广的生动解说，看着展厅中一幅幅珍贵的图片和一处处展现当年情景的雕塑，我的心情久久不能平静，跨出展馆，我缓步走在纪念园中，在石块铺得坚实的走道上，抬头仰望，此刻，天空显得格外晴朗，阳光非常灿烂，凉风阵阵，让人感到十分舒爽与惬意！再俯首脚下路旁，山崖周边，满山遍野生长着的一丛丛、一株株的蒲公英，我不由肃然升腾起一股股敬意来……

三角梅,在寒风冷雨中傲立

刚刚跨入2016年,寒流席卷全国,地处南海之滨的海南,也未能幸免。1月24日,海南省气象台将寒潮橙色预警改为红色预警,强冷空气将下降到10℃以下,最低气温降至4℃至6℃,而且伴有大风和降雨,这是海南41年来最寒冷的一天。

这一天,也恰逢周末双休日,屋外的寒冷夹着风雨,丝毫禁锢不住我火热怦然跳动的心,一大早,我便打着雨伞出门了,沿着小区的路步行着。此刻,只见天空中,飘飘洒洒,猛下着雨,北风"呼呼"地劲吹,顿时让人感到一阵阵刺骨的寒冷。路上,行人稀少,街道两旁和小区里的树叶随着风的狂吹,雨的拍打,"窸窸窣窣"地不停飘落,在地上翻滚。这时,我竟不觉关注起在路旁、小区里的那一丛丛、一株株三角梅来,似乎风雨对它并没有多大影响,在风雨与寒冷中,它傲然怒放,姹紫嫣红。

据悉,三角梅为瑞香日紫茉莉科,叶子花属观花植物,常说的三角梅,是指叶子花属中具有园艺价值的一类植物,为攀援藤木或灌木,花常3朵簇生于3片叶状苞片内,故称为三角梅,其不仅有观赏期长,枝蔓长,柔韧性好,可塑性强等特点,而且为花篱、盆景、盆花、桩果等园林绿化领域应用广泛。

三角梅不但有观赏价值,而且还是一味中药,叶子捣烂敷患处,有散淤消肿的效果,能活血调经,化湿止带,治血瘀经闭、月经不调、赤白带下。三角梅的茎有毒,吃12至20片,可导致腹泻、血便等。

三角梅是我们海南省的省花,海口市、三亚市的市花。国外如赞比亚共和国将其定为国花；国内有四川省西昌市市花；广东省深圳市、珠海市、惠州市、江门市、罗定市将其定为市花；贵州省墨西南布依族苗族自治州将其定为州花；云南省德宏傣族景颇族自治州将其定为州花，开远市将其定为市花；重庆市开县、云阳县将其定为县花；福建省厦门市、三明市将其定为市花，惠安县将其定为县花；广西壮族自治区柳州市、北海市、梧州市将其定为市花；台湾地区屏东市将其定为市花；日本那霸市将其定为市花。

随着"嘭"的一声巨响，我被从陶醉的观赏中惊醒了，循着声音望去，只见小区花园中，那棵高大、枝繁叶茂的榕树在风雨和寒冷中倒下了。

"多么可惜呀，这棵经历了'达维''威马逊'等数次台风都挺过来的古榕，竟在这寒冷风雨中倒了！"小区中一位老者看到这情景，感慨万分地说。

其实，任何一种生命，都会有终止和消失的那一天，这棵古榕树不管是宿命已到，还是抵挡不住风雨和寒冷的袭击，倒下去了，都丝毫抹不去它过去的高大、坚强与辉煌。我认为，这也不失为一种壮举。

转过身来，再看看那花园里的三角梅，玲珑别致，生命力旺盛，热情奔放，活力四射，又有朴实无华、虚怀若谷的品质。这，不正是积极进取精神内涵的写照与象征吗？同时也体现了无限蓬勃的生命风采。

我大步流星地走出小区，蓦然回首，只见花园里那一棵棵、一丛丛的三角梅，花色是那么艳丽，仿佛是一只只开屏的孔雀，昂首挺胸，璀璨夺目，在寒风冷雨中傲立。我情不自禁地发自内心地感叹：绚丽、妖娆的三角梅，我爱你！

山城印象

五指山,海南第一高山。

在五指山山脉阿陀岭脚下有一座小山城——五指山市。这座玲珑小巧的山城原来叫"通什",据说是根据黎语"山高水冷"的含义叫的。

小山城又叫"翡翠城""天然氧吧""山水之城"。"翡翠城"这美誉,据说是20世纪广东省的著名作家秦牧在一篇散文中提到的,作家的用意非常明显,就是说山城像一块碧绿的玉石一样可爱、美丽。

我认识这座山城,还是在30年前,我还是个20多岁的小伙子的时候,当时所在单位组织了一次环岛游,车子从家乡琼山白石溪一路驶来,时而在盘山道在陡坡上缓慢向山上爬行,层层叠叠,时而又从山顶向下驶,九曲十八弯。据悉,新中国成立初期,当,在修筑海榆东线、中线、西线三条公路时,平均每一公里,就牺牲一位筑路英雄。一段通往云端的路,逶迤、耸拔,车子爬上了阿陀岭,往下俯瞰,山城便历历在望了,那葱茏翠绿掩映之下的楼房,蜿蜒的公路,尽情凸显,车子徐徐向山下开去,到了,到了,我们的心在颤抖,终于在期待和渴望中,第一次来到了这座小山城。

当年,这座小山城还是非常鼎盛和辉煌的,因为那个时候,岛南、岛西、岛中大片的土地都归它管辖,它是个辖治着8个县的广东省海南黎族苗族自治州的州府,它是当时海南中南部的政治、经济、文化中心。高高屹立在山岭之巅的州政府大楼,尤为壮观,甚似布达拉宫,第一次进入山城,目睹山城拥有这宫殿一样富丽堂皇的建筑,给我年轻的心灵,留下了深深的印象。

20年前,我再次来到山城五指山。冬去春来,岁月沧桑,五指山的山还是那样的青,木棉花还是那样的红,天空依然那样明亮,南圣河水依然那样清澈、透亮,小山城也显得那样坦然、恬静。可是,此时的山城五指山,已不是从前的五指山山城了,随着海南建省,自治州解散,五指山由原来的州府,变为了一个县级市了。

不过山城四周的森林,还是那样郁郁葱葱,从阿陀岭俯瞰,山城还是被群山环绕的山野绿色浸染着,山城人还是在山青水绿的氛围中生息。一排排硕大的樟树和榕树,依然在山城的街道迎风招展,同样给山城带来了片片的绿荫与凉爽,也给山城的市民们带来了怡然、惬意。

然而,山城已不再有以前的繁荣与喧闹了,且不说同省府海口和新兴的城市三亚比,就连与岛东的嘉积、岛西的那大相比,不论楼宇、市政还是道路建设,都是不能与之相提并论的,它已失去了以往那轰轰烈烈的景象。此时的山城,犹如旧王朝时,被君主遗忘和冷落的后宫娘娘,失去了往日被宠和关注时的荣耀,只是,余韵风骨之中,还保留着那一份特有的,曾经的雍容华贵。

当时,山城的街道,显得那样的冷冷清清,稀少的市民们,无目的地在街头溜达,南圣河在静静地流淌着、流淌着,像是在默默地思考,我该流向何处、何处……

第二次匆匆进入山城,给我留下了许多疑惑和难以琢磨的感觉与印象。

如今在春暖花开的时节,我第三次来到山城——五指山。

倏忽间,山城的美,就像一位时尚的花季少女,淋漓尽致地展现在我眼前:南圣河畔,一幢幢高楼鳞次栉比,像雨后春笋,拔地而起,一个个引人注目的风情小区,映入眼帘,一条条亮丽的街道,宽敞整洁,以往的荒野山坡,破败的民居和旧楼,早被"翡翠花园""澜湖岸边""蝶泉湾"等浪漫和诗情画意的别墅区和花园所替代。这些别具一格的建筑、园林,融入了当地黎苗元素,又和五指山的青山绿水相互辉映,使五指山这座小山城,既有浓浓的民族风格、区域特点,还保留了原有的自然生态景观,处处充满和洋溢着五指山情调，同时，也不乏现代化城市的时代气息。

"一方水土，养育一方人"，常言都这么说。可是，这话在五指山，就要改过来了，应该说"五指山的水土，能养育百方人"。

那天，我们在樟树成荫的人行道上徜徉、散步，只见对面一对精神饱满的七旬老人夫妇也走了过来，我们主动打招呼："大娘、大伯，你们好！你们是从北方过来的吧？"

"我们从黑龙江来！"女主人很热情地向我们介绍了他们来海南、来五指山的经过。她说，他们夫妻俩70多岁了，退休前从事教育工作，儿女们都没在身边，在上海等城市工作，退休后儿女们都有意叫他们到身边生活，以尽孝敬之心，可是，他们小住了一段时间后，还是接受不了大都市的喧闹和嘈杂。一曲《我爱五指山，我爱万泉河》的歌，唱响大江南北，激起了他们对海南、对五指山的向往，听说海南冬天里也依然阳光明媚灿烂，是不可多得的御寒养生之地，于是他们就"孔雀东南飞"，最终选择在五指山这座迷人的山城，购房安居，乐享晚年，把五指山当成第二故乡，做一个真正的五指山人。这对老夫妇还说，像他们这外来的候鸟，来五指山的比比皆是，而且越来越多，是五指山的青山碧水，五指山的绿色生态和五指山的民族风情深深吸引了他们。

三次走进山城五指山，时空跨越30年，30年的风雨历程，30年的兴衰沉浮，此刻，我不禁浮想联翩，啊，巍巍五指山，绿绿小山城，下次再来，你又会带给我什么样的感觉和印象呢？

山兰，一株书写海南黎族农耕史的旱稻

一株小小的山兰旱稻，穿越了两千年，记载了勤劳的琼岛先民在残酷、恶劣的自然环境中，向大地索要果腹之粮的一份辛勤，一份勇敢，一份智慧，书写了一部海南黎族的农耕历史。

早在原始时代，黎族人民及其先民，就根据海南岛独特的自然生态环境条件，培植出了适宜旱地刀耕火种的旱稻品种——山兰稻。1932 至 1933 年间，中山大学农学院的研究人员，就在崖县（今海南省三亚市崖州区）发现了"庞粒"的野生稻种，在保亭亦有类似的野稻栽培种的发现。

据史书记载："山稻，种于内图及黎山中，燔林成灰，因灰为粪，不需牛力，以锥土面播种焉，不加灌溉，自然秀实，连岁有收，地乃去之，更择它处。"山兰稻虽好，但种植极其不易，要经过砍伐树木、大火焚烧、下种、看管、清除杂草、收割等一系列的步骤，整个过程，完全是刀耕火种的生产方式。利用焚烧的方法，将地面的草木烧成灰烬作为生长的肥料，同时也使地表的土壤变得疏松，有利于耕作，而且也能烧死地表害虫。种植山兰稻不仅仅是一种黎族特色，更体现了黎族人民在与大自然的共存中表现出的智慧。山兰稻一直是黎族人民赖以为生的口粮，从原始时代到现代社会，山兰稻从未消失于海南人民的饭碗，说山兰稻养育了海南人也丝毫不为过。山兰米是很珍贵的食物，有关资料记载，"其粒绝白"，"一家煮山兰饭全村香"，山兰米营养丰富，是黎族迎接贵客的珍品。用山兰米酿造的酒，称为山兰酒，由于具有独特醇厚的芳香，有"黎家茅台"的美誉。

那么,山兰稻最早起源于何时,到底是谁把野生稻"驯服"的,目前虽然还没有足够确凿的史料来证明,但中国热带科学院品种资源研究所人员经过研究从白沙、琼中、五指山等地保留下来的农耕技术,以及旱稻品种,再结合史书中只言片语的记载可以肯定,早在两汉时期,海南岛西部的少数民族先民就已经"驯化"了野生旱稻,并将之作为主要的口粮来种植。

《汉书》卷二八《地理志(下)》有记载:"儋耳、珠崖郡,男子耕农,种禾稻、纻麻"。虽未言明"禾稻"是水稻还是旱稻,但据海南西部地区缺水的地理环境,应是旱稻无疑。

盛唐宣宗年间,被贬谪来崖州的名臣李德裕曾在《贬崖州司户道中作》诗中,用"五月畲田收火米,三更津吏报潮鸡"来描述海南先民刀耕火种的劳动场面。

1097年,一叶扁舟将苏轼送到儋州,失意的东坡居士,被海南的自然风光,淳朴的民风所折服,诗意大发,创作了一批描述海南的诗词。在《和陶劝农六首其二》中写道:"天祸尔土,不麦不稷。民无用物,珍怪是殖。播厥熏木,腐余是穑。"记录了黎族人民通过刀耕火种的劳动方式,获取粮食的艰难。

正德年间,海南琼山人唐胄主修的《琼台志》卷八《土产(上)》中,就有山兰的描述。"稻,粳糯二种。粳为饭米,品著者有九:曰百箭……曰山禾。择久荒山种之,有数种,香者味佳。黎峒则火伐老树挑种,谓之刀耕火种。"这里的"山禾"就是山兰稻。

此后,在儋州任职官员的著书或是修编的地方史志中,均有"山禾"的身影。清代康熙《万州志》、嘉庆《澄万县志》、乾隆《崖州志》等地方志书中,都有对"山禾"的详细记叙。

"儋耳境,山百倍于田,土多石少,虽绝顶亦可耕植。黎俗四五月晴霁时,必集众斫山木,大小相错,更需五七日,皓冽则纵火,自上而下,大小烧尽成灰,不但根干无遗,土下尺余且熟透矣。徐徐锄转,种棉花,又曰具花;又种旱稻,曰山禾,米粒大而香,可食。连收三四熟,地瘦弃置之,另择地所,用前法别治。"这是明代《海槎余录》中的一段记载。

综合大量史料所述，民国时期，山兰稻的种植在海南岛西部地区最为普遍，直到新中国成立后，大量优秀水稻品种被广泛种植，山兰稻的种植面积才慢慢减少。

如今，在琼中、白沙、五指山，许多黎族同胞的家里仍旧保留着当年种植山兰稻的传统农具。1949年新中国成立后，农业生产新品种、新方式得以推广，传统的刀耕火种因对自然环境的破坏，已不适应现代农业的发展方向，只能悄悄地退到历史舞台的边缘。

山兰稻刀耕火种的特性对地力的破坏，注定了它不能大规模种植。那一片片曾经充满稻香的农田，已被葱绿、茂密的果树、茶树、橡胶树所代替，但不能大规模种植，不意味着不保护、已消失，据悉有关部门已申报，将山兰稻农业系统，作为文化遗产并加以保护与传承。

但愿人们在欢快地品尝甘醇甜美的山兰酒时，也能美美地感受，一株小小的山兰旱稻，蕴藏着的悠久而丰富的历史！

舌尖上的保亭

在海南中南部,有一个美丽而神奇的地方——保亭。这里是黎、苗同胞聚居的地方,这里,一年四季,绿意融融;这里,森林繁茂,流水潺潺;这里,民族风情浓郁,有浪漫的"三月三",有狂欢的"嬉水节";这里,有旖旎美丽的七仙岭,有让人流连忘返的温泉,有神秘的雨林谧境,有雄伟的仙安石林,是山美水美人也美的地方。得益于得天独厚的自然地理环境,舌尖上的保亭,绝对是"食全食美"的。天上飞的,地上跑的,水中游的,土里埋的,树上长的,所有这些,吸取了天地间大自然的灵气与精华,形成了一道道让人无法忘怀的绿色盛宴。

在保亭,你可尽情地享受海南四大名菜——文昌鸡、嘉积鸭、东山羊、和乐蟹,还有海南中南部民族地区的风味小吃——五指山小黄牛肉、五脚猪肉、黄流老鸭汤、三亚海鲜,是满街飘香。具有海南浓浓乡野味的民间小吃——陵水酸粉、文昌糟粕醋、后安粉,也随处可见。就连外省的川菜、湘菜、东北菜、新疆羊肉串、杭州小笼包、臭豆腐、天津狗不理包子、江西老表烤鸭、福建沙县小吃、广西桂林米粉,也布满城乡,各有风味。

分布在全县黎村苗寨内的上百处农家乐和各个景区里的酒店,是外来游人和食客游玩和休闲的地方,在蓝天白云,青山绿水,在槟榔葱翠,红毛丹彤红,田园风光独特的景色中,远离汽笛喧嚣,远离高楼大厦的繁杂,只有鸟语花香,只有山泉叮咚,只有绿风吹拂。瞬间,犹如步入仙境般的世外桃源,在这样惬意的环境和氛围里,舒心地感受淳朴正宗的黎苗文化,享用原生态做法和纯天然口味的黎苗美食，边吃美食，边了解有关七仙女下凡的民间传说，甘工鸟悲壮的爱情故事，是满足舌尖上的需求，也是满足眼福、耳福的多重滋养。

保亭的山兰酒，闻名遐迩，是黎族同胞采用山兰稻和当地传统酒饼，用自然发酵的方法酿制而成的，此酒呈乳白半透明状，凉凉的，甘甜爽口，飘溢着淡淡的米香味，是真正的环保、绿色酒类。如果你来保亭旅游，有机会在黎村苗寨做客，平时滴酒不沾的人，也会喝上半斤八两。在保亭乡下，只要是家里来了客人和朋友，酒就是不可缺少的待客之物。宴席上，你一定能领略到保亭人浓浓的本土酒文化，首先是家里长者向远道而来的客人敬酒三杯，接着是家人依次向每位客人分别奉敬，就连少妇和未出嫁的黎姑苗妹，也会轮番给你敬上三杯五杯，那火热的盛情，让人无法拒绝，直令你陶醉。

保亭的美食，未闻其味，未观其色，先报上个菜单名，就会让你咋舌，感到惊讶！信吗？这里不妨先报上几道。首先是"会上树的山寮鸡"，山寮鸡是保亭黎村苗寨的母鸡和山上的野公鸡杂交后，自然孕育形成的品种鸡，这种鸡从小在山上放养，自由刨食，加上谷物喂养，晚上就飞上寮前屋后的树上栖息，一年四季，风雨无阻，所以被称为"会上树的山寮鸡"，山寮鸡由于长期在野外活动和觅食，骨髓溢香，皮脆肉滑，品质口感独具特色，尤其是该县什玲镇的山寮鸡，名气最大。其次是"会冲浪的鱼"，这种鱼个子不大，手指头般大小，叫石鲮鱼。石鲮鱼对水质要求极高，只生长在流动、水质纯净的山涧溪流中，而且喜欢逆流而上，好与溪涧水流嬉戏，因此，绰号叫"会冲浪的鱼"，由于喜欢逆流击浪而游，所以鱼肉含蛋白质丰富，口味特别滑嫩、新鲜。最后是"黎家鱼茶"这又是保亭一道传统的菜肴，此"茶"非我们常喝的那种茶，而是保亭黎苗同胞招待客人，喜庆节日餐桌上的特色菜肴，而且还要被列为重要的客人和朋友才有资格吃到的。做法是将鱼和凉米饭、酒糟或炒米搅匀，装入干净的坛子里密封好，待到发酵后便可以食用，这道菜肴酸味浓郁扑鼻，能给身体"降温"。

保亭特色的民族小吃还有"苗家三色饭""竹筒饭""红毛丹"

"六弓鹅"等,其实,保亭的美食还很多、很多,就像美丽的七仙岭一样,充满了丰富、绿色的山野情趣。舌尖上的保亭,让每一位来到保亭的人,深深地感受着保亭美食的内涵,给远方游客的味蕾,带来与众不同的新感觉。

闪耀人性之美的菊美

——电影《天上的菊美》观后感

  菊美多吉生前是四川省甘孜藏族自治州道孚县瓦日乡党委副书记、乡长，他是一名普通的基层干部，始终把群众当亲人，把群众的事放在心上，直到生命的最后一息一刻，被当地各族群众亲切地称为"最美基层干部"。看了电影《天上的菊美》，从菊美多吉身上，我看到了闪亮的人性之美。

  屏幕上，雪山是那样的壮美，高原也是那样的壮美，那是因为有了像高原一样壮美的藏族儿女。雪山美丽，那是因为有心灵像雪山一样纯洁的干部、群众。看！菊美多吉为了实施"牧民定居行动计划"，让牧民住上新居而奔波，自己家里的住房却"木料见朽老屋依旧"；为了赶去省农科所等单位联系惠民事宜，作为孙子，却未能回家为爷爷送终。菊美多吉把一生的情和爱都倾注在高原，奉献给了生他养他的土地和人民，他忙完一天的工作后，连夜开车几十公里，却不惧疲劳，以饱满的热情，帮助村民要回打工的钱；他利用空闲时间，帮助孤苦伶仃的老人背水、捡牛粪、放牧；他把药品带在身上，铆足劲带领村民铺路，架桥；为了工作，他辗转雪山草地，深入牧民帐篷，饿了，就啃几口干粮，渴了，就喝几口河水；很晚了，为了不打扰和惊动守门大妈，他和衣就躺在汽车后排座位上，而这一睡，他再也没有醒来……

  一件件，一桩桩，菊美多吉平凡的故事，像高原的天地一样博大而旷远，他的人生，就像印度著名诗人泰戈尔所言："使生如夏花之绚烂，死如秋叶之静美。"

  菊美多吉，平凡而伟大的人性之美！

让微笑充满和谐美好人间

微笑,不但是一种优美的表情,而且也是一种优美的语言。微笑,它似一朵灿烂的花朵,让人感到缕缕的芳香。微笑,它似徐徐春风,使人感到阵阵的舒畅与清爽。有了微笑,人与人,人与自然,人与社会便充满了和谐和美满。

在此,还是让我来说一个美丽动人的传说故事吧!

相传,在气势磅礴、风景秀丽、峰耸云雾的五指山下,有一位远近闻名的黎族青年猎手,一天清晨,他身披树皮衣,脚穿草鞋,手持弓箭,到山上狩猎,翻过一道道山梁,越过一条条溪涧,从五指山,跋涉到七仙岭,天快要黑了,可是始终没有看到一只猎物的踪影,渴了,走到一清泉边,用手捧起了清清的泉水,喝了几口,饿了,又顺手在一旁摘下几个新鲜的红毛丹充饥。正欲踏上归途,突然,青年猎手眼前一亮,一只美丽灵巧的梅花鹿在他身旁的一处绿色草坪上活蹦乱跳着。青年猎手高兴极了,立即握紧手中的弓箭,弯着腰,悄悄向梅花鹿走去,小花鹿转过头,一双水汪汪的眼睛,望着青年猎人,张着嘴,然后眼睛一眨,拔腿就跑。青年猎手岂舍得放过,便在后面紧紧追赶,追了9天9夜,翻过了99座山峰,越过了99条溪涧,跑过一片又一片茂密的槟榔园,山路弯弯,弯弯山路,跑呀跑,追呀追,一直追到了天涯海角,追到了波涛翻滚的南海,茫茫大海,挡住了去路,青年猎手心想:这一下,看你怎么跑,我一定要把你活捉了,带回家。但是,为了镇住梅花鹿,他还是把箭头对着花鹿,拉开了弓弦。

此刻,一束强烈的阳光,直照着青年猎手的脸,使得他睁不开眼来，紧接着是一声晴天霹雳，一股云雾，从天而降，青年猎手和梅花鹿被浓浓的云雾缠绕着，一阵清风，云开雾散，青年猎手睁开眼睛，此时，他惊呆了，他苦苦追赶的小花鹿不见了，而站在他眼前的是一位亭亭玉立、年轻漂亮的姑娘。

这时，姑娘缓缓转过身，回过头，一双水汪汪的眼看着猎手，然后眨了眨眼，微微一笑，深情地说："小哥哥，你为什么这样日日夜夜，跋山涉水，对我穷追不舍呀！"青年猎手紧握弓弦的手耷拉了下来。

姑娘款款向小伙子走去，直走到他跟前，小伙子疑惑地问道："你到底是什么，是人还是鹿？"

"我是从天宫下凡的七仙女！"姑娘答道。

"你来干什么？"小伙子仍然不解。

"我在天宫俯瞰，发现人间琼南之景，是如此迷人、秀丽、旖旎，着实令人向往。于是便变成花鹿，下凡来游玩。"姑娘说。

青年猎手接着说："哦，原来如此，那你就回到天宫去吧，我不杀你，也不活捉你了。"

"不！"看到青年猎手如此老实憨厚，姑娘又是微微一笑，羞涩地对猎手说，"我要永留人间，和你相亲相爱，结为夫妻！"说着，她扑向青年猎手的怀中，青年猎手也紧紧地把仙女拥抱住………

青年猎手被仙女的真挚所感动，便和仙女双双跪下，叩天拜地结成夫妻。一对和睦恩爱的伴侣便在海之角、天之涯，刀耕火种，生息繁衍。从此，在南海之滨，在海南的黎、苗族地区，便流传着一则千古绝妙、和谐美满的爱情故事。

如果说再精彩的爱情传说故事，也只是一个神话，那么，下面要讲的则是发生在身边的真实故事。

保亭的八月，就像小孩的脸，说变就变，刚刚还是艳阳明媚的天，一下子就狂风骤起，乌云密布，眼看就要下起雨来了。

邻家的小妹阿玲，正在家里看书，看到天气突变，便放下手中看得津津有味的书。在阿玲家旁边不远，住着一位80岁高龄的古阿婆，老人膝下无子女，孤身一人，行动不便。阿玲帮古阿婆洗的衣服还晾晒在户外，得赶紧收回，于是，阿玲急忙向屋子外跑去。

"啪",阿玲没有想到,她一跑出门,就与一个迎面跑来,手里提着一筐子鸡蛋的小伙子撞了个满怀。

"呀!不好意思,碰破了你的一些鸡蛋。"阿玲赶紧道歉说。

"哦,是我不小心,让鸡蛋弄脏了你漂亮的衣服!"小伙子也非常和气地说,"真对不起。"

两个年轻人目光脉脉地对视着,什么都没说,都从心里发出了微微一笑,便各自走开了。

风停雨静,阿玲把收回的衣服——叠好,送去古阿婆家,刚走到古阿婆家门口,刚才她碰撞到的那个男青年从古阿婆家里走了出来。

"你……"阿玲、男青年都对对方的再次出现感到惊讶。

"哦,我是在外省读书的大学生,暑期回保亭度假,从电视上了解到古阿婆的情况后,特地前来看望老人,没想到一来就撞上了你!"男青年微笑着说。

阿玲也向男青年做了自我介绍。

于是,两个年轻人又是双眸脉脉地对视着,各自发出微微一笑,便走开了。

在阿玲、男青年行动的影响下,照顾、看望古阿婆的青年,一批又一批纷至沓来,在古阿婆的房子里,常年荡漾着欢乐和笑声。

几年后,男青年大学毕业,回到海南参加工作,但是,他看望老人的行动从未中断。在照顾、帮助老人的过程中,阿玲、男青年从相识、相知到相爱,最后走到一起,结为和谐夫妻。在老人85岁生日时,阿玲、男青年带着3岁的儿子,特地从海口过来看望老人。古阿婆的晚年生活过得非常开心和幸福,逢人总是笑呵呵地说:"谁说我没有儿孙,我的儿孙数也数不清!"

我不是故事家,我也不是演说家,无法把经典的传说和现代爱情故事演绎得淋漓尽致和娓娓动听,但当我笨拙粗壮的手抒写完这两则小故事时,顿然得到启示:心胸博大,不懈追求,助人为乐,勇于奉献,就会感悟到伟大的人性之美、精神之美、爱情之美、和谐之美。

但愿,微笑时刻在我们每一个人的脸上绽放……

悠悠古路园

——参观宋氏祖居散记

带着敬慕，带着期盼，带着仰望，去探访一个小村，一个叫古路园的村庄——宋氏祖居。

车子在广袤的文昌大地上一路奔跑，不知经过多少村庄，不知跨过多少河流，也不知道穿过多少田野，左转右弯，时而在一条两旁植满葱茏茂密的相思树的路上奔走，时而又在翠绿桉树的公路上向前奔走，在期待的心情中，来到了文昌市昌洒镇，来到了古路园村。

村子跟海南琼北地区其他村落一样，很普通，坐落在一片绿树成荫、郁郁葱葱的丘陵地上，我们沿着村中一条林荫小路行走着，只见花簇艳丽环抱之中，矗立着一尊宋庆龄白玉塑像，我们在塑像前凝视注目着，端庄的形象映入眼帘：梳理光洁的中华传统母亲式发髻，慈祥的眉目，注视着前方，亲和、恬静的微笑，仿佛在向我们每一个拜访者深情地诉说……

宋氏祖居的建筑，完全是海南传统农家宅院的风格，坐西南，向东北。这栋灰色砖木结构的房子是清朝嘉庆年间的建筑，是两间矮小的正屋和四间窄小的横屋，砖瓦桁结构，由两间正屋、两间横屋、两间门楼和院墙组成。门楣上"宋氏祖居"四个金色大字的牌匾，系1988年仲春之际，改革开放总设计师邓小平同志亲自题写，我们还看到仕门的一旁，立有一块"海南省文物保护单位"的石碑。

在宋氏祖居正屋厅中，我们看到，墙上悬挂着宋氏三姐妹的父亲宋耀如、母亲倪桂珍的合影以及宋氏三姐妹、大弟宋子文、堂弟韩裕丰的放大照片。走进侧内室,在他出生的房屋里,看到了宋耀如童年时代睡过的木床、漆枕,在工具房里,我们还看到了当年用过的铁爪、镰刀、砍刀和谷筛等农用工具,还有一些当时的生活用具,如米桶、土油灯、木桶等。在灶前(厨房)里我们还看到了用竹子编织而成的筷子笼和木制的橱柜。看着这一件件一百多年前的物品,犹如走进了宋氏家族如烟的往事岁月中。

从张贴在墙上的宋氏祖谱中,我们了解到,宋庆龄的祖辈原来姓韩。宋氏家族原在河南安阳,是魏国公韩琦之后,为了躲避战乱,迁移琼州,定居文邑,住在锦山,清代移迁罗豆鸟坡村,然后再迁居昌洒镇古路园村。从韩氏族谱的记载资料中我们得知,从韩氏渡琼显卿公(宋朝会稽县尉、廉州太守),生息繁衍到宋耀如先生这辈为23代裔孙,族谱上记载的韩教准,就是宋耀如原来的名字。宋庆龄的高祖、曾祖、祖父三代都居住在古路园村,父亲韩教准,1861年在此出生,他的舅父姓宋,在美国马萨诸塞州的波士顿开了一家茶丝商铺,韩教准因家庭贫困,13岁便随姓宋的舅父去了美国,从此他随舅父姓宋,名字为宋嘉树,又名宋耀如。宋耀如一直在美国求学,并且信仰基督教,进神学院深造,取得牧师资格,后来回到上海当传教士,并兼营商业。

宋耀如的一生充满了传奇色彩,是中国民主革命先驱孙中山先生坚定的支持者和亲密战友。宋耀如膝下有六个子女,即宋蔼龄、宋庆龄、宋美龄三姐妹与宋子良、宋子文、宋子安三兄弟,他们在美国学有所成之后全部回到祖国,由此宋氏家族连接着当时在政治、军事、经济等舞台上扮演了重要的角色的人物,影响了半个世纪的中国,就此改变了中国的历史。

在宋氏祖居一隅,设有宋庆龄陈列馆,牌匾上的几个大字,由朱德夫人康克清亲笔题写。陈列馆内陈列着宋庆龄青少年时代,革命战争年代,从事世界和平事业,以及新中国成立后国内外各界人士怀念她的史料、照片、绘画、仿制实物等。

宋庆龄是国际公认的"二十世纪最伟大的女性"之一 15年,宋庆龄不顾家庭反对,毅然与流亡之中的孙中山先生结婚,从此,宋庆龄为了孙中山救国救民的事业,为了自己"求中国自由平等"的理想，历尽艰险，百折不挠，至死不渝。她不仅是新中国的缔造者之一，而且也是新中国卓越的领导人之一，她历任中央人民政府副主席、全国人大常委会副主席和国家名誉主席。

从陈列馆的幅幅照片和史料中，我了解到，宋庆龄在她80年的人生岁月里，从未回过海南，过文昌，回过古路园。这多少让人感到遗憾惋惜，然而，当我们在观展后，这种感慨就顿然消失了，虽然，宋庆龄一生未能如愿踏上这片故乡的土地，但她一直没有忘记自己是海南人。

1938年在香港，宋庆龄得知海南农民击退一队企图登陆的日军的消息时，高兴地给友人写信："海南岛（我的故乡）的农妇们……从地头奔回家里……丢下工具……同男人一起，用老式的来复枪成功地把入侵者赶走。"她很自豪地在信中说："我多么为我家乡的姊妹们感到骄傲！希望一旦情势许可，我就回去看看。"字里行间，我们不难看出，宋庆龄对家乡的拳拳殷切之情。

1939年1月，琼崖正处在艰难的抗日时期，旅居海外的琼侨、琼胞代表在香港成立"琼崖华侨联总会"，宋庆龄心系故乡，情倾琼崖，欣然担负名誉会长之职，用实际行动支持和援助家乡人民同心抗日。

1955年，当年的文昌县遭遇罕见旱灾，给人民群众生产、生活带来了极大的不便，宋庆龄知情后，立即将她的五百元稿费汇寄给家乡，赈救灾民。

暮年时候的宋庆龄，更是对家乡表现出一片厚意深情，她常常跟秘书聊起："海南文昌是我的老家。"她还对身边的工作人员说："想睡一睡海南出产的漆枕。"

20世纪50年代末，宋庆龄在一次赠送友人一包咖啡时，在包装上特别写上"从我的海南岛来的咖啡"，并在"海南"两字下面，重笔画了一条线。

1955年，宋庆龄应台北海南同乡会的邀请，为《文昌县志》封面题写，那娟秀飘逸的每一个字，都能体现出她对故乡的一片真情和思恋。

走出陈列馆，我拐上村边的一条小道漫步徜徉着，在绿草如茵的路边,我看见了宋耀如母亲的坟墓,我停住脚步,驻足细看,只见石碑上刻着"清韩妣王氏之墓",王氏就是宋氏三姐妹的祖母。此刻,当我昂头仰望古路园那片蔚蓝的天空时,不由得感到震撼,啊,悠悠古路园,小小一村落,竟出了一户影响了半个世纪中国历史的人家!

在保亭,感悟"琼崖古城"

——电视剧《天涯浴血》拍摄基地见闻

一部由唐国强执导、反映琼崖纵队"二十三年红旗不倒"的电视剧《天涯浴血》,2014年年在保亭琼崖古城开拍。

据悉,《天涯浴血》主要讲述1926年至1949年二十三年间,琼崖人民革命武装——琼崖纵队,在远离党中央、远离主力和没有外援的艰苦环境下,在土地革命战争、抗日战争和解放战争这三个历史阶段所发生的,可歌可泣的真实故事。琼崖纵队的将士们凭着坚定的革命信念,不屈不挠的革命精神,创制了一幅海南革命乃至中国革命史上,具有特殊历史意义的恢宏画卷。

摄制组将主要拍摄基地定在山清水秀的保亭县,并为此建造了一座保亭影视城——"琼崖古城"。

怀着对海南红色历史的崇敬、缅怀,和对"琼崖古城"建筑艺术风采的羡慕,电视剧拍摄期间,我和保亭黎族青年诗人、海南省作家协会会员金戈约定,一起前往探访。在一个阳光灿烂的周末,我们从处在风光旖旎的七仙岭脚下的保亭县县城出发,驾着摩托车,沿着陵(水)保(亭)公路,一直向东前行,公路两旁,保亭县花——扶桑花开得似火彤红,格外迷人,而山丘上的野菊花,也黄得耀眼鲜艳,还有那一丛丛的三角梅,也是万紫千红,竞相开放。我们十多分钟便驶入了什玲镇,这是保亭一个极具黎苗风情的小镇,整洁的街道,船形的建筑,墙壁上的民族特色图腾,还有穿着鲜艳黎族服装的少女在街上行走,这些都给人留下了深刻的印象。

穿过什玲镇热闹的街市,再前行两公里,便到了该镇的大田村,只见陵保公路沿线北侧,矗立着一座古色古香、雄伟高大的城门,门楣上刻着苍劲的四个大字——琼崖古城。

走进琼崖古城，放眼远眺，只见四周群山碧野，树木葱茏，岭间山岚飘荡缭绕，在青翠欲滴的山峦间，轻轻吹来阵阵舒爽的风。古城不大，占地面积只有60亩左右，我们踏上用黑褐色方块石铺设而成的街道，那一块块紧挨着的黑色石块，那一横横、一竖竖排列有序的样子，很像小学作业本中的方格簿。我们在狭窄、曲径通幽的石板街道上行走着，时而走在一级级的台阶上，时而在蜿蜒饶有趣味的拐角处，仿若身临其境，置身在了20世纪三四十年代。富有南洋建筑风格的街景，巴洛克式立面，米白色的外墙，半圆拱、尖拱或连续拱的檐廊，还有方形的、多边形的、圆形的立柱。在灰白斑驳，历尽沧桑还有些残缺的墙体上，张贴的一张张广告，都带着浓浓的时代气息，我驻足在一张"双美人牌香粉"的广告前，仔细端详了起来：画中是一位身着旗袍的年轻女子，鹅蛋脸，柳叶眉，丹凤眼，樱桃小嘴，她优雅地跷腿静坐着，两只裸露的纤纤玉手，一只搭在膝盖上，一只托着腮帮，正含情脉脉地注视着前方。这或许就是20世纪三四十年代美女的形象了！看着一间间颇具特色的商铺，还有五花八门的店铺招牌，就感到眼花缭乱，如大亚酒店、中国银行琼州分号、永信汇兑银业分公司、永顺文昌鸡、同源号、琼州电报分局、广德堂、月华茶楼、琼州卷烟批发、泰昌旅店、新生图书文具公司、永信珠宝玉器行、鸿发酒馆、海南嘉积鸭、琼州海味燕窝、和泰米、新汉理发、正音留声机行、大成竹席藤、海南绸缎庄……我们沿着一条横街一拐，又进入了另一番天地，只见一间挨一间的楼门上方，插着一面面国民党党旗，门楣边悬挂着匾牌："国民革命军第三十三团团部""琼崖警备司令部""国民革命军第四十六军司令部"……行走在这样的氛围里，真是让人毛骨悚然，犹如置身在那残酷的、硝烟纷飞、战火燃烧的岁月，我们在这里走着、走着，来到了一处挂着"府城监狱"的建筑物旁，只见在一棵大树下，一群"荷枪实弹"的"黑狗子"匪兵，正在用黎语交谈着，金戈是当地人，便上前用黎话与他们攀谈了起来，经交流得知，他们都是来自大田村委会的村民，闲暇之际，来到剧组里充当群众演员，每天管吃、管喝，还有90元的酬金。其实，酬金的多少，对这群黎族年轻人来说，都是次要的，他们期盼的是，通过这电视剧的拍摄，还有建在他们村边的这座琼崖古城。来了解有关这里的历史、文化、政治、旅游、经济等诸多方面的知识。

"集合了，小伙子们！"随着剧组管理人员一声令下，这群"匪军"小跑过去，投入了电视剧的拍摄中。

我们继续在琼崖古城的街道上徜徉着，这时才感到阵阵口渴喉干，往前看，只见古城门对面的公路一旁，有一间新建的小卖铺，熙熙攘攘，非常热闹，我们便跨出城门，向小店走去，准备买水解渴。

"金戈，你也过来观看古城呀！"一到小店，只见忙碌中的店主，热情地和我的同行伙伴金戈打起了招呼。

"阿龙，是你呀，在这儿当老板了！"原来，阿龙和金戈是同学，金戈没料想到，阿龙在这里开了这么个店铺。

"来，喝水！"阿龙热情地递给我们两瓶矿泉水，便和我们聊了起来。阿龙告诉我们，电视剧《天涯浴血》开拍以来，琼崖古城便成了当地的一景点，每天都有不少人前来观赏，阿龙从一批又一批的游客中受到启发，看到了商机，便和新婚妻子商量，在琼崖古城一隅，开了一间小商铺，夫妻俩就当起了小老板，不拘任何形式，就开张了，卖烟、卖水、卖小吃等，天天忙得不亦乐乎。虽然是艰苦点，但是每天都有三百元到五百元的收入，小夫妻也在苦中尝到了甜头。

"呼"的一声，一辆面包车在我们身旁停下。车门打开，走下来一个非常时尚的妙龄女子，她彬彬有礼地向我们询问："先生、帅哥们，请问《天涯浴血》的拍摄基地琼崖古城就在这儿吗？"我们非常高兴地向姑娘做了指点。

"阿龙，快过来，炒两份炒粉！"正在忙碌中的阿龙妻子，高声招呼着阿龙。于是，阿龙便转身回到他的店铺，接应他的客人去了。

看着公路上一批又一批慕名而来的游客，看着正在忙碌着的阿龙小夫妻，我们再次抬头望了望这座庄严的琼崖古城，然后带着敬仰、带着期盼、更带着祝愿，启动摩托车，朝着七仙岭，踏上了归途……

在海口，听作家艾克拜尔·米吉提讲课

清风送爽，登高望远的九月，海南省民族宗教事务委员会以民族文学为主题，在海口举办海南省少数民族艺术培训班。来自全省11个市县和省民族研究所的50名学员参加了培训，我有幸作为保亭县推荐的5名学员之一，参加了这次的学习。

我们从七仙岭脚下的保亭县县城出发，一路风尘仆仆来到了省城海口市蓝天路，下榻在我们此次培训的锦鸿温泉酒家。

此次培训，一共三天时间，省民委邀请了中国作家协会会员王卓森作了《以人民为中心的写作》的专题课，海南省作家协会副主席李荣国（亚根）作了《从自身民族的文化中寻找灵魂的声音》，海南师范大学文学院教授张浩文作了《小说创作技巧简谈》的专题课。

更令我不能忘怀的是，大名鼎鼎的全国政协委员、著名作家艾克拜尔·米吉提，为我们此次培训作的专题讲座《少数民族文学漫谈》。

艾克拜尔·米吉提是哈萨克族著名作家、全国政协委员、全国政协民族宗教委员会委员、中国作协影视文学委员会副主任、中国电影文学学会常务副会长。曾任中国作家出版集团党委副书记、管委会副主任、《中国作家》主编，他是兰州大学、中央民族大学、西北师范大学、伊犁师范学院、哈萨克斯坦欧亚大学的客座教授。他创作了大量的文学作品，著有中短篇小说集《哦，十五岁的哈丽黛哟……》《瘸腿野马》《艾克拜尔·米吉提短篇小说精选》等，散文集《父亲的眼光》《伊犁记忆》等，评论集《耕耘与收获》和《艾克拜尔·米吉提作品集》，作品被译成日、德、俄、保、土耳其等外文，以及国内多种少数民族文字。短篇小说《努尔曼老汉和猎狗巴力斯》获1979年全国优秀短篇小说奖。他曾获一至三届全国少数民族文学创作奖和多种文学奖项。2015年获哈萨克斯坦国家金质奖章。

"写作者，无时无刻不在体验着生活，真正的写作者，每一根头发都在体验生活，风从哪个方向吹过来的，头发都会感受到，一辈子走过来，生活的经历，就是不断的源泉。"梳着大背头、一丝不苟，一双眼有点眯、不算大但炯炯有神，戴着一副金边眼镜的艾克拜尔·米吉提，给人一种儒雅、谦和的感觉。他的讲课更是别具一格，没有讲稿、没有板书、没有视频操作，完全是一个人坐在讲台上，脱口而出、即兴、漫谈般的交流，让人感到十分亲切与随和，从他那低沉而又不失清晰的谈吐中，我们每一位在场的学员，强烈感受到了读书与写作的巨大魅力。

艾克拜尔·米吉提，1954年出生在新疆霍城，谁也不曾想到，这位写出如此绚丽文章的作家，之前是一个半句汉语都听不懂，一个汉字都不识的人。原来，艾克拜尔·米吉提在小学六年级之前，从未接受过汉语教育，后来，进入汉语学校，一位姓朱的语文老师，成为他的汉语启蒙老师。他微笑着告诉我们，之所以能走上文学的创作道路，是被语文老师"逼"出来的。

他回忆，当时，老师要求学生每一个星期都要在课外时间，阅读一本书。当他第一次捧着一本厚厚的小说，当作是完成一项任务和作业时，他感到惶恐，他至今记忆犹新，当时他的感觉是不知道能否读完这么厚厚的一部书，以及要用多长的时间才能读完这部书。他忐忑不安，一点信心都没有。可是，老师的要求是严格的，第二周必须写出读书的感想来。为了完成老师布置的"作业"，他硬着头皮，拿着书，一页一页地读下去，在此过程中，他被书中跌宕起伏的故事、精巧微妙的情节和书中人物悲欢离合的命运所吸引。此时，他忽然感到，读书竟然是一件非常愉悦和惬意的事。当他第一次把那厚厚的一本书读完时，心中充满了自豪，对读书也充满了信心。接着，就想读更多的书，于是，汉语小学还未毕业，他就读了一百多本书。这为他以后的文学创作,打下了坚实的基础。

"只有读书,才能让人静下心来,一个有读书习惯的人,是不会轻易浮躁的。"艾克拜尔·米吉提对我们说,"只有真正静下心来读书的人,才能成功。"

促使他与文学结下不解之缘的,是他与著名作家王蒙的一次邂逅。1973年,艾克拜尔·米吉提在新疆伊宁县红星公社任党委新闻干事,当年四月份,作家王蒙来到吐鲁番采风,艾克拜尔·米吉提见到了王蒙,他是第一次见到作家,当得知这位作家就是十八九岁时写出轰动全国的小说《青春万岁》的作者时,当年19岁的艾克拜尔·米吉提仔细地端详着王蒙,不禁受到激励与鼓舞,心中暗暗发誓:"他能写小说,我也能写!"在他年轻的心灵里,一股文学创作之梦,油然而生。1976年,他从兰州大学中文系毕业后,处女作短篇小说《努尔曼老汉和猫狗巴力斯》获1979年全国优秀短篇小说奖、第一届全国少数民族文学创作荣誉奖。从此,他正式踏上了文学创作之路。

在充满椰风海韵的海口,在琼州大地一派金黄、瓜果飘香的秋季,聆听着从首都北京到海南的艾克拜尔·米吉提老师专门为我们的授课内容,我不禁顿悟:有梦与追求梦的人,不管前方的路多么遥远,只要持之以恒,不懈地跋涉与前行,成功就会越来越近!

走进琼山会馆

——参观陵水县苏维埃政府旧址

骄阳似火的七月,是我们伟大的中国共产党诞生的纪念月,我有幸参加了单位组织的"红色之旅"参观活动。

车子从七仙岭脚下的保亭县县城出发,一路向东开进,仅一小时,便到了陵水县县城,沿着陵水河岸的一条大道,继续前行,不久,就到了我们此行的目的地,位于陵水县椰林镇中山东路141号的琼山会馆——陵水县苏维埃政府旧址。

带着对历史的敬仰,我们走进了琼山会馆。

这是一座面积1100平方米,结构为前、中、后三进二层的四合院式建筑,第一进院为拱门,门内有张扇形的巨屏,门顶镶嵌着一块石匾,上面用红色题写了"琼山会馆"四个大字,字体刚正、稳重、有力,格外地引人注目,厅里正中有木板雕刻的屏风,一进为单层,二进、三进均为二层楼建造,每进建筑中间设有天井分隔。一进前是一座巴洛克风格的欧式厦,青砖砌筑,圆弧顶部,以卷草造型作为脊饰,脊下彩塑双凤,卷型拱门下,四根方柱伟立,柱顶有坐狮做装饰。

据馆中讲解员介绍,琼山会馆是1921年兴建的,当时是依托新村港与黎安港而建的。当年的陵水,曾繁华一时,是岛内外商贾云集的经贸之地,岛内汉区的琼山、文昌,岛外广东的顺德和潮汕等地的商人纷纷落户陵水经商贸易,并在此开设了很多商铺和建造了一批会馆。据悉,琼山会馆为琼山籍商人符光献发动来陵水经商、从政和谋生的各界琼山同乡募捐集资创建的。但也有资料记载,是一个外号叫"黑豆仔"的琼山陈姓商人牵头，发动在陵水的琼山籍人士共同出资修建的。

到底是符光献发动募捐集资创建，还是外号"黑豆仔"的陈氏商人牵头出资修建，我作为一个参观者，无法做出判断，这只能由史学家们去考证。但有一点是可以证实的，在百年前的陵水，琼山籍的一大批仁人志士，无论是在商界、政界还是教育界，都是享有盛誉和具备一定实力的。我们距琼山会馆500米处的张鸿猷故居的参观中得到了佐证。

张鸿猷故居位于陵水县城城内路，建于清乾隆末年，为三进两天井四合院式建筑格局，两侧用廊房连通，筑有院落四幢，呈横向排列，面积近30亩，是琼山籍人氏张鸿猷的祖父清末年间举家从琼山铁桥潭杜村迁至陵水定居而建的。张鸿猷是张氏到陵水后的第四代人，起初三代，都曾在县衙门粮房当书吏。到张鸿猷这代，为了追求更高品位和富裕生活，"儒而兼贾"经营糖寮，养鸭，贩卖藤、板等生意，逐渐富裕起来，又不断购置田地，结果成了陵水乃至海南比较大的富豪人家。

张鸿猷是个开明的教育家，扶助过一批批贫寒子弟读书，与陵水教育的关系源远流长，他的子孙之辈，亲承教诲，得益于严学有所成，全族相继四代人，从事教育的就有20多人。

值得一提的是，20世纪60年代初，拍摄的彩色故事影片《红色娘子军》，曾以张鸿猷故居为背景，电影中的"南霸天"宅院，使张鸿猷故居成了众人皆知的参观场所，民间也习惯按电影中的称呼，称其为"南霸天"府。

目睹这座历经百年沧桑的琼山会馆，我作为一名工作在保亭的琼山游子，对家乡先辈们艰苦、卓越的创业精神深感敬佩。然而，更为琼山会馆，以为后来作为琼崖第一个苏维埃政权的陵水县苏维埃政府，感到震撼！

跨入琼山会馆第一进门，看到庭院中的一组叫"陵邑怒潮"的群雕时，史馆员的解说，把我带到了烽烟四起、炮火纷飞的战争年代……

1927年9月，为响应湘赣秋收起义，琼崖特委决定举行全琼武装总暴动。由杨善集、陈永芹带领的乐会、万宁两县的讨逆革命军协同作战，冯平在西线统一指挥和组织澄迈、临高、儋县三县的暴动，其他各县也同时举行暴动。9月23日，讨逆革命军一举占领了嘉积外围的椰子寨，打响了琼崖秋收起义武装暴动第一枪。这场秋收暴动在琼崖与中国土地革命史上，具有重大的意义。

1927年12月16日，琼崖特委在陵水县琼山会馆前，召开了工农兵代表大会，宣告成立琼崖第一个苏维埃政府——陵水县苏维埃政府。这是琼崖第一个县级苏维埃政府，也是全国第一个由少数民族参与创建的苏维埃政府。黄振士担任中共陵水县第一任县委书记，黄振士是陵水籍人，黎族，峒主的长孙，当时，少数民族出身的中共党员担任县委书记在全国是第一例。

我们在展厅里轻步慢走，"琼岛星火""风暴前夜""三打陵水""血染陵崖""不屈不挠""前赴后继"……当年的情景，一场场、一幕幕像电影一样，在我们眼前不断涌现着。

牛角号、粉枪、驳壳枪、军号、服装、旗帜、马灯、铁叉……我顿时感到时光仿佛倒流了，我仿佛听到了当年三次攻打陵水县城的呐喊声、激烈的枪炮声、嘹亮的军号声以及战士扛着红旗进攻时的阵阵脚步声，仿佛看到了在黑夜里，提着马灯，寻找着出路，寻找共产党，寻找光明的黎民百姓。

琼山会馆好似带着历史的烟尘，一路劈波斩浪，从亘古蛮荒走来，不断向我们诉说着陵河两岸的精彩故事。走出琼山会馆，告别陵水苏维埃政府旧址，穿过熙熙攘攘、人头攒动一派繁荣的街市，望着川流不息的陵水河，我带着沉思、带着敬仰、带着收获，告别陵水，踏上了归返七仙岭的路。